Bianca

DISCARD

Michelle Conder

El guardaespaldas de la princesa

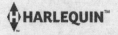

HARLEQUIN

Editado por HARLEQUIN IBÉRICA, S.A.
Núñez de Balboa, 56
28001 Madrid

© 2013 Michelle Conder. Todos los derechos reservados.
EL GUARDAESPALDAS DE LA PRINCESA, N.º 2267 - 6.11.13
Título original: Duty At What Cost?
Publicada originalmente por Mills & Boon®, Ltd., Londres.

I.S.B.N.: 978-84-687-3587-0
Depósito legal: M-24101-2013
Editor responsable: Luis Pugni
Fotomecánica: M.T. Color & Diseño, S.L. Las Rozas (Madrid)
Impresión en Black print CPI (Barcelona)
Fecha impresion para Argentina: 5.5.14
Distribuidor exclusivo para España: LOGISTA
Distribuidor para México: CODIPLYRSA
Distribuidores para Argentina: interior, BERTRAN, S.A.C. Vélez
Sársfield, 1950. Cap. Fed./ Buenos Aires y Gran Buenos Aires,
VACCARO SÁNCHEZ y Cía, S.A.

Capítulo 1

AVA, conduciendo, contempló el esplendoroso sol veraniego que iluminaba la exquisita campiña francesa y deseó estar a mil kilómetros de allí. Tal vez a un millón. En otro planeta donde nadie conociera su nombre. Donde nadie supiera que el hombre con quien su padre había esperado que se casara iba a casarse con otra mujer y nadie la compadeciera por ello.

«Es hora de que dejes de perder el tiempo en París, hija, y vuelvas a casa, a Anders».

Ese comentario condescendiente, de esa misma mañana, le había hecho hervir la sangre. Llenaba su cabeza, apagando la voz que, en la radio, cantaba sobre su anhelo de volver a casa. Su casa era el último lugar al que Ava quería ir.

Por supuesto, la ira de su padre se debía a que lo había decepcionado que el hombre al que había estado prometida en matrimonio desde que era una niña se hubiera enamorado de otra. Le había dicho «¡Una mujer de tu edad no tiene tiempo que perder!», como si estar a un año de cumplir los treinta fuera culpa suya.

Lo cierto era que Ava quería enamorarse. Quería casarse. Pero no con Gilles, un amigo de infancia que era como un hermano para ella; él tampoco había querido casarse con Ava. El problema era que habían seguido el juego al compromiso ideado por sus padres demasiado tiempo, utilizándose el uno al otro para asistir juntos a eventos cuando les resultaba conveniente.

A su padre no le habría gustado nada enterarse de eso. De alguna manera, tras la muerte de su madre hacía quince años, su relación con él se había desintegrado hasta el punto de que apenas se hablaban. Todo habría sido muy distinto si ella hubiera sido un chico.

Muy distinto.

Habría tenido otras opciones. Para empezar, habría sido el príncipe heredero y, aunque no tenía ningún deseo de gobernar su pequeña nación europea, al menos habría tenido el respeto de su padre. Su afecto. Algo.

Ava aferró el volante con más fuerza y tomó la estrecha carretera campestre que corría junto al Château Verne, la propiedad del siglo xv de Gilles.

Durante ocho años había vivido feliz y de forma discreta en París. Había estudiado en la universidad y creado su propia empresa. Solo asistía a los eventos reales cuando Frédéric, su hermano, estaba ausente. Pero temía que eso llegaría a su fin, ahora que Gilles, marqués de Bassone, iba a casarse con una amiga suya.

Ava arrugó la nariz por su estado melancólico. Gilles y Anne se habían enamorado a primera vista dos meses antes y se les veía muy felices. Se completaban el uno al otro de un modo que habría inspirado a los poetas; no estaba celosa.

En absoluto.

Su vida iba de maravilla. Su galería, Gallery Nouveau, acababa de ser reseñada en una prestigiosa revista de arte y tenía más trabajo que nunca. Era cierto que su vida amorosa era más bien inexistente, pero su ruptura con Colyn, el hombre con quien habría creído que acabaría casándose, sucedida tres años antes, la había dejado emocionalmente agotada y algo temerosa.

Veinte años mayor que ella, le había parecido el epítome del intelectualismo burgués: un hombre al que no le importaba su sangre real y la amaba por sí misma. Había tardado dos años en darse cuenta de que el sutil criticismo y su deseo de «enseñarle» cuanto sabía se debía a que era un hombre tan egocéntrico y controlador como su padre.

Deseó no haber pensado en él, porque se sintió aún peor. Solo se había sentido tan mal cuando paseaba sola a orillas del Sena y veía a parejas que no podían dar más de dos pasos sin besarse.

Ella nunca había sentido eso. Ni una vez. Se preguntaba si llegaría a sentirlo.

Tras romper con Colyn había decidido salir solo con hombres agradables y con valores familiares sólidos. Pero no le habían inspirado más que amistad. Por suerte, su negocio la mantenía demasiado ocupada para pensar en lo que le faltaba. Y en cuanto a envejecer...

Ajustó el volumen de la radio y pisó el freno antes de tomar una curva, pero no funcionó. Suponiendo que había pisado el acelerador, intentó corregir el error, pero el coche entró en una zona de gravilla y empezó a patinar.

Sintiendo pánico, agarró el volante para mantener el coche recto, pero la inercia hizo que el vehículo chocara contra un árbol. Ava gimió cuando su cabeza golpeó el volante.

Durante un momento, se quedó inmóvil. Después se dio cuenta de que el coche seguía rugiendo, así que levantó el pie del acelerador y paró el motor. Al mirar por la ventanilla comprobó que su coche estaba sobre un montón de rocas y matojos de brezo en flor.

¡Menudo fallo de concentración!

Soltó el aire lentamente y movió las extremidades una a una. Por suerte, había ido demasiado despacio para resultar herida. Eso era bueno, pero se imaginó a su padre moviendo la cabeza con reproche. Siempre le decía que utilizara un chófer para eventos oficiales, pero no le hacía caso. Discutir con él se había convertido casi en un deporte. Un deporte que a él se le daba mucho mejor. Era una de las razones de que hubiera decidido estudiar Bellas Artes en la Sorbona. Si se hubiera quedado en Anders le habría sido imposible mantener la promesa que le había hecho a su madre en su lecho de muerte: que intentaría llevarse bien con él.

Recordó la conversación de esa mañana. Ella no podía volver a Anders, no tenía nada que hacer allí. No podía pasarse el día sentada mientras esperaba a que él le buscara otro esposo apropiado. La idea le provocaba escalofríos.

Ava abrió la puerta con cuidado y salió. Los tacones de sus botines se hundieron en la tierra.

Fantástico. Como propietaria de una galería, era imperativo mantener un aspecto impecable; no podía permitirse arruinar sus preciadas botas de Prada, porque no podía reemplazarlas. Hacía mucho tiempo que no aceptaba dinero de su padre, otra decisión que lo había irritado.

Se inclinó hacia el coche para recoger su bolso. El teléfono se había caído con el golpe y la pantalla estaba rota. No se sabía el número de Gilles de memoria, así que lo tiró dentro del coche con frustración. Siempre podía llamar al servicio de emergencia, pero entonces su accidente saldría en todos los periódicos. Pensar que «la pobre princesa rechazada» recibiera más atención esa semana le hizo rechinar los dientes.

Tendría que ir andando.

Pero allí de pie, con las manos en las caderas, se dio cuenta de lo lejos que quedaba la verja principal. Destrozaría sus adoradas botas y llegaría acalorada y sudorosa. Esa no era la entrada grácil y digna que había planeado. Si una de las furgonetas de la prensa que había visto unos kilómetros atrás la veía...

Se preguntaba qué hacer cuando tuvo una idea alocada. Por suerte, se había estrellado cerca de un sección del muro en la que solía jugar con su hermano Frédéric, su primo Baden y Gilles en su infancia, durante sus visitas al castillo. Escalar el muro como si fueran espías revolucionarios había sido su juego secreto, e incluso habían creado apoyos para escapar de enemigos imaginarios.

Ava sonrió por primera vez ese día. Era una medida desesperada, pero solo faltaban unas horas para la boda de Gilles. Siempre le había gustado escalar de niña; sería aún más fácil siendo adulta.

—Hay una mujer en el muro sur, jefe. ¿Qué quiere que hagamos con ella?

—¿En el muro? —Wolfe se detuvo en el centro de uno de los pasillos de Château Verne.

—En lo más alto —dijo Eric, uno de los miembros del equipo de seguridad de Wolfe.

Wolfe se tensó. Seguramente sería una reportera que intentaba conseguir información sobre la boda de su amigo con la hija de un controvertido político americano. Llevaban todo el día acechando el castillo como buitres. Pero nadie se había atrevido a saltar el muro antes. Por supuesto, había estado preparado para esa posibilidad y por eso habían atrapado a la intrusa.

–¿Nombre?

–Dice que es Ava de Veers, princesa de Anders.

–¿Identificación? –Wolfe no creía que una princesa pudiera intentar escalar un muro de doce metros de altura.

–No lleva. Dice que tuvo un accidente de coche y seguramente se cayó del bolso.

Inteligente.

–¿Cámara?

–Sí.

Wolfe consideró sus posibilidades. Incluso desde dentro del castillo podía oír el motor de los helicópteros de la prensa que sobrevolaban el edificio. Aún faltaban tres horas para la boda y pensó que sería mejor aumentar el perímetro de seguridad, para evitar nuevos intentos.

–¿Quiere que la lleve a la base, jefe?

–No –Wolfe se pasó la mano por el pelo. Prefería echarla al otro lado del muro a darle acceso a la propiedad conduciéndola a la casita que estaban utilizando sus hombres–. Déjala donde está. Y, Eric, no dejes de apuntarla con la metralleta hasta que llegue –era un justo castigo por intentar colarse en un evento privado.

–Oh, ¿quiere decir que la deje en el muro?

El titubeo de Eric hizo que Wolfe comprendiera que era una mujer atractiva.

–Sí, es exactamente lo que quiero decir –podía ser una loca en vez de una periodista–. Y no hables con ella hasta que llegue.

Wolfe confiaba en sus hombres, pero no necesitaba a ninguna Mata Hari que los liara.

–Sí, señor.

Wolfe guardó el teléfono. No iba a poder participar

en el partido de polo que había organizado Gilles. Maldijo para sí. Se había ofrecido a ocuparse de la seguridad de su boda, y el trabajo siempre era lo primero.

Cuando salió, Wolfe encontró a Gilles y a los demás esperándolo en los establos, con los caballos ensillados y listos para ponerse en marcha. Wolfe miró el caballo árabe de color blanco que Gilles le había prometido. Había estado deseando montar al semental.

Decidió que podía hacerlo de todas formas. Agarró las riendas y subió con facilidad a lomos del caballo. El semental se removió bajo su peso y Wolfe le dio una palmadita en el cuello.

–¿Cómo se llama?

–Achilles. Es un animal de lo más rebelde –Gilles torció la boca–. Os llevaréis bien.

Wolfe se rio de su aristocrático amigo. Hacía años que habían formado un vínculo irrompible, cuando entrenaban juntos para formar parte de una fuerza militar de élite. Se habían apoyado el uno al otro en los tiempos difíciles y celebrado los buenos. Gilles solía recitar poesía y contar mitos griegos para mantenerse despierto mientras esperaban a que ocurriera algo. Por su parte, Wolfe, un rudo australiano del campo, había utilizado un método más sencillo: determinación y fuerza de voluntad. Eso le había sido muy útil cuando cambió las operaciones especiales por el desarrollo de software y creó el programa de espionaje más sofisticado del planeta.

Wolfe Inc. había surgido de ahí, y cuando su hermano menor se unió a la empresa, la expandieron para cubrir todos los aspectos del negocio de seguridad. Mientras su hermano disfrutaba con la vida empresarial, Wolfe prefería la libertad de ocuparse de todo un poco. Incluso seguía aceptando algunas operaciones encubiertas de determinados gobiernos. Necesitaba riesgo y descargas de adrenalina.

—Eres un soñador, *Monsieur le Marquis*.

—Solo soy un hombre que sabe mantener el equilibrio en su vida, Ice —replicó Gilles con buen talante, utilizando el viejo apodo militar de Wolfe. Subió a un caballo castaño—. Tendrías que intentarlo alguna vez, amigo.

—Tengo equilibrio de sobra en mi vida —gruñó Wolfe, pensando en la rubia vienesa de quien lo había alegrado librarse un mes antes—. No necesitas preocuparte de eso.

Achilles relinchó y levantó la cabeza, retador.

—No me uniré a vosotros todavía. Tengo que comprobar un asunto —mantuvo el tono tranquilo para no alarmar a su amigo, que tenía que concentrarse en por qué estaba entregándose a una mujer en matrimonio, no en la mujer que estaba sentada en uno de los muros del castillo—. Achilles y yo nos uniremos a vosotros en un rato.

El caballo tiró con la cabeza y Wolfe sonrió. No había nada como utilizar su destreza para dominar a un animal difícil. Le gustaba la bestia.

Ava admitió que no era más fácil escalar un muro siendo adulta. De hecho, le había dado mucho miedo y le había demostrado su falta de forma. Le dolían los músculos de los brazos. Además, había descubierto que habían talado el viejo castaño con el que había contado para el descenso, y dos guardas de seguridad la apuntaban con metralletas.

No había pensado que Gilles habría contratado seguridad adicional para la boda. Por supuesto, los hombres no se habían creído lo del accidente de coche. Lo único que faltaba para completar el día era que los helicópteros de la prensa la vieran.

Mirando el terreno irregular donde había estado el magnífico árbol, se dijo que todo era culpa de Gilles. Y sin duda habían elevado el muro desde que lo había escalado con doce años.

–Si recorréis unos doscientos metros por la carretera, encontrareis mi coche y sabréis que digo la verdad –les dijo a los dos guardas, intentando contener el mal genio del que tanto se quejaba su padre.

–Lo siento, señora. Son órdenes del jefe –dijo el que tenía un aspecto más compasivo de los dos.

–Ya. Pero tengo dolor de cabeza y me gustaría bajar.

–Lo siento, señora...

Ava se preguntó qué harían los dos hombres si decidía saltar. No era una opción práctica, porque probablemente se rompería un tobillo. Cerró los ojos y se tocó la frente. Tenía un chichón tan enorme como un huevo.

Una ola de irritación estuvo a punto de hacerle caer. Se dijo que era irracional enfadarse con los hombres, dado que era culpa suya. Pero se sentía como una tonta sentada en el muro.

–¿Y dónde está ese jefe vuestro? –preguntó.

–Llegará pronto, señora.

También llegaría la Navidad. En cuatro meses.

Un ruido hizo que Ava girara la cabeza. De repente un destello blanco entre el verdor captó su atención. Ava se quedó absorta mirando al bello semental que llegaba al galope. El jinete la dejó sin aliento.

El pelo rubio y revuelto enmarcaba un rostro orgulloso, de nariz fuerte y mandíbula cuadrada. Los anchos hombros y el torso delgado estaban cubiertos por un polo negro ajustado. Las piernas largas y musculosas, perfectamente delineadas por los pantalones y botas altas de montar.

Percibió que estaba furioso, aunque él no había movido un músculo de la cara. La miraba con la intensidad de un depredador. Incluso cuando el caballo se removió con impaciencia y agitó la cola, el hombre siguió inmóvil.

Ava, con el pulso acelerado, se agarró al muro. El calor estaba relajándole las extremidades. Se dijo que era culpa del sol, no del guerrero que la miraba con una arrogancia casi insolente.

—¿Eres la razón de que aún siga en este muro? —dijo, sin pensarlo. Se arrepintió de inmediato. Había pretendido ser agradable, poner fin a la situación cuanto antes. Pero al ver como él tensaba la mandíbula supo que eso no ocurriría.

Wolfe no movió un músculo mientras examinaba a la mujer. Se había equivocado. No era atractiva. Era increíblemente atractiva. Tenía pómulos altos, piel dorada como la miel, ojos oscuros como la noche, pelo negro recogido en una cola de caballo y una boca que daba la impresión de estar esperando ser besada.

Por él.

Desechó con impaciencia el inesperado pensamiento y bajó la mirada hacia la camisa blanca que el viento pegaba contra sus pechos y los vaqueros que se ajustaban a sus piernas largas y delgadas. Descubrió que estaba descalza.

Achilles agitó la cola como si a él también lo perturbara la visión. Entonces, la mente de Wolfe registró la altanera pregunta que le había hecho y recuperó el control. Era una intrusa y estaba arruinando su partido de polo, si estaba molesta tendría que aguantarse.

–No –replicó–. Tú eres la razón de que sigas en ese muro.

Ignorando su siseo de irritación, desmontó y se aproximó a sus hombres. Notó que ella lo seguía con la mirada y se preguntó de qué color serían sus ojos, lo que lo irritó aún más.

Esperó a que Eric le explicara cómo la habían encontrado y después le pidió que le entregara el bolso de cuero que tenía en la mano.

–¿La metralleta es imprescindible? –preguntó ella desde arriba, con tono de aburrimiento.

–Solo si tengo que dispararte con ella. Deja las manos donde pueda verlas.

–¡No soy ninguna criminal!

–¿Has encontrado algo de interés? –le preguntó a Eric, ignorándola a ella.

–No, jefe. Las típicas cosas de mujer. Lápiz de labios, pañuelos de papel, horquillas. No hay tarjeta de identificación, como ya le dije.

–Ya les he dicho a tus perros guardianes que tuve un accidente y la cartera debió de caerse.

–Muy conveniente.

–¿Para quién? ¿Para ti?

–Tienes una lengua muy afilada para alguien en tu situación –Wolfe le lanzó una mirada que habría asustado a muchos hombres. Deseó que ella dejara de hablar. El tono grave de su voz, levemente acentuada, estaba teniendo un efecto inesperado en su cuerpo.

–Soy la princesa Ava de Veers de Anders y exijo que me dejes bajar de aquí de inmediato.

Wolfe volvió a recorrerla con la mirada, por puro placer y porque sabía que eso la pondría en su sitio.

–¿Qué haces en un muro, princesa? ¿Aprender a volar?

–Soy una invitada a la boda y perderás tu trabajo si insistes en dejarme aquí arriba. Es probable que ya esté quemada por el sol.

–Lo dudo –el sol no brillaba con fuerza y ella tenía la piel de tono dorado–. Y los invitados suelen llegar por la puerta principal. ¿Para qué medio trabajas?

–Yo no... –ella arrugó la frente.

–¿Periódico? ¿Revista? ¿Televisión? Bonita cámara. ¿Te importa que eche un vistazo?

–Sí, me importa.

Él dejó el bolso en el suelo y empezó a mirar las fotos.

–He dicho que sí me importa.

–Eso me da igual.

–¿Y por qué te has molestado en preguntarlo?

–Modales –dijo él, sonriendo al oír la exasperación de su voz.

Ella emitió un ruidito que dejó claro que él no sabía lo que eran los modales.

–Bonitas fotos de famosos –dijo él mirándola de nuevo–. Repito, ¿para qué periódico trabajas?

–No soy una paparazzi, si es lo que sugieres.

–¿No?

–No. Soy propietaria de una galería de arte. Esas fotos son de una inauguración. Pero no es asunto tuyo.

–Dada la situación en la que estás, yo diría que sí lo es –Wolfe se frotó el mentón.

–Entiendo lo que parece esto –ella parecía estar conteniendo el mal humor a duras penas–. E incluso aprecio lo eficaces que han sido tus hombres al verme...

–Eso me alegra mucho.

–Pero –siguió ella–, soy quien digo ser. Mi coche está a unos doscientos metros y tus hombres ya lo sabrían si se hubieran molestado en ir a buscarlo, en vez de apuntarme con sus armas como si fuera una terrorista.

–Oh, lo siento –Wolfe le dio la cámara a Eric. No se molestó en ocultar el desdén que sentía por las princesas altaneras, reales o imaginarias, que creían que sus necesidades estaban por encima de las de los demás–. ¿No te lo había dicho? Mis hombre aceptan órdenes de mí, no de ti.

–Muy conveniente –dijo ella con un mohín que hizo que su boca pareciera aún más sexy.

Él no estaba de humor para apreciar su pulla y se planteó tirarla al otro lado del muro antes de verificar su identidad.

–Eric. Dane. Id en el jeep a buscar su coche. Si es que existe.

Ella rezongó y cambió de posición. Tenía que estar muy incómoda, pero se lo había buscado.

–He dicho que dejaras las manos donde pudiera verlas –dijo él.

–¿Crees que podría esperar en el suelo a que regresen tus hombres? Prometo no atacarte.

El aire parecía zumbar con el calor antagonista que ella le provocaba. Su acento daba a sus palabras sarcásticas un tono sexy. Era una mezcla perfecta de belleza y espíritu. Le costaba controlar su libido y eso lo molestó mucho.

–Creo que podré manejarte.

Ella miró su boca y Wolfe sintió que la lujuria lo recorría de arriba abajo. Esperó, sin aliento, a que el calor que sentía en la entrepierna se disipara, pero empeoró. Después, sus ojos se encontraron y la química que había estado intentando evitar fue como una corriente eléctrica.

El modo en que se ensancharon sus ojos le hizo pensar que tal vez había leído sus pensamientos. Pero era imposible. Tras catorce años en el negocio, Wolfe sabía ocultar sus sentimientos; había sabido hacerlo al poco tiempo de empezar a andar.

Quizás ella había sentido la misma quemazón que él. Y no le había gustado, a juzgar por su mirada. Eso le dio qué pensar. Si fuera una periodista o, peor aún, una activista política, ya habría utilizado esa conexión para manipularlo, no lo miraría como si la hubiera quemado.

Miró las delgadas muñecas que salían de los puños de la camisa masculina y luego las manos, con una manicura perfecta. Era obvio que no trabajaba con las manos.

Supo instintivamente que era quien decía ser. Se veía en su apostura real, el arco de cisne de su cuello, su aire altanero y en que lo miraba como si fuera un empleado. Su madre había mirado a su padre así y Wolfe siempre había sentido pena del pobre bastardo.

–¿Tienes alguna sugerencia sobre cómo puedo bajar de aquí?

–¿Te gustaría que sacara mi escalera plegable del bolsillo trasero? –se burló Wolfe–. Oh, cielos. La dejé en casa –abrió las manos con las palmas hacia arriba–. Supongo que tendrás que saltar a mis brazos, princesa. Qué ilusión.

–¿Te consideras el nuevo Zorro? –le preguntó ella con dulzura.

–Solo porque dejé mi cinturón de herramientas de Batman en casa.

–¿Con Robin?

–Muy lista –a pesar de su malhumor, soltó una risita–.Tira las botas primero –lo último que deseaba era
que lo acuchillara con uno de esos peligrosos tacones
y, por el brillo de sus ojos, parecía ser lo que estaba
planteándose hacer.

–Tengo una idea mejor. ¿Por qué no bajo por donde
he subido?

–No.

–Tiene más sentido –ella apretó los labios.

–Inténtalo y te disparo.

–No tienes un arma.

–Sí que la tengo.

Ella hizo una pausa y él supo que estaba evaluando
si decía la verdad o no. Recorrió su torso y sus piernas
con la mirada y él sintió una oleada de excitación, como
si lo hubiera tocado.

–Estás siendo muy obtuso –rezongó ella.

–Aún no –Wolfe consiguió controlar la irritación por
su respuesta física hacia una mujer que ya le desagra-
daba–. Pero estoy cerca de serlo.

–Si me dejas caer te demandaré.

–Si no te das prisa en bajar de ahí, seré yo quien te
demande a ti.

–¿Por qué razón?

–Por impacientarme. Ahora, pásame las botas. Con
cuidado –advirtió él.

Con un suspiro, ella dejó caer las botas.

–Ahora tú –su voz había enronquecido, una indica-
ción clara de que parte de él tenía ganas de tenerla entre
sus brazos. Eso no tenía nada de malo. Aunque no estuviera interesado en iniciar otra aventura de momento,
era un hombre y esa mujer era una belleza.

–Preferiría esperar a una escalera.

Él también lo habría preferido.

–Entonces, acomódate. Dirijo el equipo de seguridad, no el de rescate.

–No me parecía tan alto cuando era más joven –dijo ella, mirando el suelo dubitativa–. ¿Y qué ha pasado con el castaño que había aquí?

–Ahora me confundes con el jardinero, princesa. ¿Qué vendrá después?

–No te confundiré con un hombre agradable, eso seguro –ella estrechó los ojos–. Y el título correcto es «Alteza real».

Él conocía el tratamiento correcto. Aunque no fuera miembro de la realeza, había conocido a tantos en su vida que sabía cómo dirigirse a ellos.

–Gracias por la pista. Pero no tengo todo el día. Así que vamos –era hora de dejar de pensar en la tentadora curva de sus senos.

–¿Tú no tienes todo el día? Gracias a ti, llego con un retraso impresionante –se quejó ella.

–Me sangra el corazón.

–Eres muy grosero.

–¿Quieres que te deje ahí arriba? –la amenazó él, impaciente.

–Discúlpame por sentirme intranquila.

–Nunca he dejado caer a una princesa –Wolfe suspiró y volvió a alzar las manos.

–Dudo que hayas tenido la oportunidad –farfulló algo en francés y él deseó sonreír. La mujer era puro fuego y descaro.

Apoyándose en las manos, titubeante, ella levantó un muslo y luego el otro, para asegurarse de que sus vaqueros no se enganchaban.

–¿Quieres que cuente hasta tres? –farfulló él.

Ella le lanzó una mirada oscura, luego cerró los ojos y saltó del muro.

Wolfe sintió su esbelto dorso deslizarse entre sus manos y la rodeó con sus brazos antes de que tocara el suelo. Ella tomó aire y el movimiento hizo que sus senos se apretaran contra el duro pecho de él.

Se agarró a su cuello y él sintió los latidos de su cuello en el rostro. Sus sentidos se llenaron con su calor y su aroma. El perfume solía empalagarlo, pero no fue el caso con el de ella. Tal vez por eso la sujetó más tiempo del necesario, apretada contra él como si llevara haciéndolo toda la vida. Lo suficiente para preguntarse cómo sería estar dentro de ella.

Tensa. Caliente. Húmeda.

Wolfe echó la cabeza hacia atrás, dominado por sus sentidos, y se encontró con los exquisitos ojos de un azul oscuro, casi marino. Fue como si sintiera el impacto de un misil.

–Puedes dejarme en el suelo –jadeó ella.

Pero él también podía deslizar las manos hacia su trasero y hacer que rodeara su cintura con las piernas. Como si hubiera hablado en voz alta, el aire que los rodeaba se espesó. Sintió cómo cada centímetro de su cuerpo ardía contra el de él.

Casi avergonzado por el intenso deseo que sentía de besarla, la dejó en el suelo y se apartó de ella. Fue entonces cuando vio la hinchazón que tenía en la sien.

–Necesitas que echen un vistazo a ese golpe.

–Estoy bien.

–Ponte las botas. Es hora de irnos –se concentró en agarrar a Achilles mientras serenaba su mente. Lo suyo sería que la cacheara, que comprobara que no era una amenaza pero, diablos, no pensaba volver a tocarla. Ya era bastante malo tener que hacerla subir al caballo. Eric y Dane tardaban en volver, y se preguntó qué los retenía.

–Prefiero andar –dijo ella, mirando al semental y luego a él.

–Puedes tentar mi paciencia, princesa, pero no te lo recomiendo –dijo él, dándose cuenta de que funcionaba a media asta y que si estuviera en una expedición militar posiblemente habría muerto.

Ella parpadeó, como si su tono áspero la hubiera sorprendido.

–A diferencia de tus hombres, yo no acepto órdenes tuyas.

–Todavía no hemos establecido tu auténtica identidad, así que sube a ese caballo o te ataré las manos con una de las riendas y te arrastraré –dijo Wolfe con expresión dominante.

–Me gustaría verte intentarlo –lo retó ella.

–No me digas –le costaba creer que esa mujercita estuviera cuestionando su farol.

Ella cerró las manos y se las puso en las caderas. Eso hizo que él fijara la vista en sus esbeltas curvas, algo poco inteligente, dado su estado de ira y excitación sexual. Por supuesto, no la arrastraría, pero podía dominarla y tirarla sobre la silla del caballo.

–Solo los hombres con apéndices pequeños se hacen los duros –dijo ella, cauta.

–Y solo las mujeres que son increíblemente estúpidas retan a un hombre al que no conocen respecto a su virilidad. Por suerte para ti, no me siento obligado a demostrar mi valía a determinado tipo de mujeres.

–¿Qué puedo decir? –movió la cadera con insolencia–. Sacas lo mejor de mí.

–Estoy seguro de que esto queda lejos de lo mejor, princesa –farfulló él, molesto por su actitud provocativa.

Ella alzó las cejas y Wolfe se dio cuenta de que, sin pretenderlo, había revelado lo atractiva que la encontraba. Sin duda, estaba acostumbrada a eso y se aprovecharía al máximo si le daba la menor oportunidad.

Algo que no pensaba hacer.

Iba a poner fin a su actitud rebelde subiéndola al caballo a la fuerza, cuando sonó su móvil.

–Hemos encontrado el coche, jefe. Es legal. Su cartera estaba debajo del asiento delantero.

Wolfe gruñó una respuesta y dijo a sus hombres que se reunieran con él en la casita. Cuando alzó la vista y vio la mirada de superioridad de ella, supo que había entendido la conversación.

–Parece que eres quien dices ser. La próxima vez, utiliza la verja –llevó a Achilles a su lado y agarró el estribo–. Dame la pierna.

–¿Ni siquiera vas a pedirme disculpas?

Su tono de superioridad hizo que cualquier posible disculpa de Wolfe muriera en sus labios.

–¿La pierna? –repitió, con ojos fríos y velados.

Ella se echó la cola de caballo hacia atrás, dio un paso adelante y tropezó, cayendo en brazos de él. Ya muy sensibilizado al contacto y, preguntándose si lo había hecho a propósito para desequilibrarlo, Wolfe la apartó de inmediato.

–No intentes utilizar ese cuerpo tan sexy para conseguir mi favor, princesa –dijo.

–Créeme, tocarte es lo último que deseo hacer.

Agarró las riendas y apoyó el pie en la mano de él. Wolfe no supo si sentirse divertido o airado. Si no hubiera tenido que supervisar una instalación informática tras la boda de Gilles, se habría quedado a enfrentarse al reto que ella suponía. Pero tenía trabajo y no era tan estúpido como para involucrarse con otra mujer difícil.

–Échate hacia atrás –le dijo. No iba a permitir que cabalgara delante de él, entre sus muslos.

–Por favor, deja de mascullar. Eres, sin duda, el individuo más irritante que he conocido.

Wolfe estaba a punto de decirle que el sentimiento era mutuo, cuando ella le quitó las riendas de las manos y clavó los talones en los flancos de Achilles. El caballo respondió como el pura sangre que era: se lanzó al galope.

¡Wolfe no podía creerlo!

Esa bola de fuego no solo lo había excitado solo con respirar, además le había ganado la partida. Eso nunca le había ocurrido antes.

–¡Maldición!

Jurando entre dientes, Wolfe soltó un silbido. Si Gilles entrenaba a sus animales bien, el caballo pararía en seco.

Capítulo 2

AVA pasó de estar casi volando sobre el terreno a quedarse inmóvil. El caballo no hacía más que agitar su majestuosa cola, por más que lo apremiaba. Para cuando se dio cuenta de lo que había ocurrido, el imbécil que lo había provocado estaba casi a su lado.

–Vamos, caballo. No le hagas caso a él. Es un don nadie.

–Se diría que eres pura miel, pero eres una mandona, ¿verdad, princesa?

–Tú eres un arrogante.

–Eso es gracioso viniendo de ti –dijo él, poniéndose las manos en las caderas.

–No soy arrogante –dijo ella, con una voz que habría hecho que su padre se enorgulleciera–. Estoy segura de mí misma. Hay una diferencia.

–Una diferencia que cabría en el culo de una pulga –dijo él, risueño.

Ava lo insultó en francés con voz suave, pensando que seguramente no la entendería.

–Genio, genio –dijo él, moviendo la cabeza–. Aunque no se vea, se diría que hay una vena de pelirroja en esa oscura melena tuya

–Supongo que tendría que sentirme halagada porque no hayas dicho «rubia», ¿verdad?

–Nunca te confundiría con una rubia –dijo él con seriedad fingida–. Las rubias me gustan.

–Entonces, ¡sí que me siento halagada! –pensó en dar un golpe a las riendas e intentar escapar.

–No cometo el mismo error dos veces. Échate hacia atrás –dijo él, leyéndole el pensamiento.

Ava notó lo grande que era la mano que agarraba las riendas y recordó cómo había sido sentir el contacto en su cuerpo. Su pelvis se tensó y una oleada de sensaciones deliciosas recorrió su cuerpo. Sorprendida, y jadeante, se recriminó por su respuesta física.

Él acarició el cuello del caballo e introdujo el pie en el estribo.

–Puedes cabalgar entre mis piernas si quieres, princesa. ¿Quién sabe? Podría ser divertido.

Ava se echó hacia atrás y apretó los dientes cuando él dejó escapar una risa grave y sexy. Él subió fácilmente al caballo, ocupando la mayor parte de la silla. El caballo se movió, acomodándose al cambio de peso.

–Más vale que te agarres –dijo él por encima del hombro, agarrando las riendas.

–Ya lo hago.

Él miró las manos que agarraban la manta de la silla y luego alzó los ojos a los de ella. Ava tragó aire, impactada.

–Quería decir a mí.

–Sigue soñando –dijo Ava, que no tenía ninguna intención de agarrarse a él.

Él sonrió de medio lado, apretó los muslos y el caballo se lanzó hacia delante como si no llevara más que un niño encima.

Instintivamente, Ava se agarró a su camisa y se encontró pegada a su espalda. ¡Estaba duro! ¡Y caliente!

Incapaz de evitarlo, abrió la mano sobre sus músculos abdominales, como si necesitara hacerlo para no caerse. Colyn siempre se había quejado de que no era lo bastante sensual con él, pero en ese momento la dominó el deseo de explorar el musculoso físico del desconocido. Tuvo la sensación de que él soltaba el aire de golpe y, un poco avergonzada por su temeridad, trasladó los dedos a sus caderas.

Afortunadamente el semental no tardó en llegar al edificio principal. Pero fue tiempo más que suficiente para que su entrepierna se sintiera ardiente y húmeda.

«Mon Dieu».

Sí, había pasado mucho tiempo desde que había tenido intimidad con un hombre, pero ese no era en absoluto su tipo...

Cuando dejó de centrarse en el hombre que sentía con cada célula de su cuerpo, comprendió que no estaban en los establos, sino en una de las entradas laterales.

Iba a preguntarle qué hacían allí cuando él giró en la silla, la agarró y la alzó del caballo. Ava se deslizó por su muslo y cerró los ojos al sentir una oleada de calor. Cuando sus pies tocaron el suelo, tuvo que apretar las rodillas para soportar su peso.

–Cuando quieras volver a volar, princesa, llámame, ¿de acuerdo?

Ava curvó un labio, pero antes de que pudiera replicar, él clavó los talones en el semental y desapareció. Ella dio gracias a Dios.

–¿Señora? ¿Se ha perdido? –preguntó un lacayo, apareciendo a su lado.

En ese momento, Ava se dio cuenta de que él la había dejado en una zona privada del castillo, lejos de las miradas de los invitados que no dejaban de llegar.

Quiso pensar que había sido porque estaba acostumbrado a utilizar la entrada de servicio, no por consideración, pero en el fondo tenía la sensación de que no era el caso.

Wolfe estaba en la pradera, junto a la carpa blanca que habían levantado a la sombra de un sauce llorón. No estaba de guardia, pero aun así escaneó a la multitud de invitados que, con copas de vino y champaña, comentaban la bella ceremonia que acababan de ver.

La mayoría de los hombres llevaban trajes clásicos y las mujeres vestidos elegantes y pamelas. Más tarde, se pondrían sus mejores galas para la recepción de esa velada.

Cuando por fin su mirada encontró a la princesa, en un grupo de mujeres que hablaban con la novia, comprendió que la había estado buscando. Maldijo entre dientes.

Su reacción ante ella era muy primitiva. Su altanería, combinada con su belleza natural, era un reto para cualquier hombre con sangre en las venas. Aunque disfrutaba de un reto, su instinto de preservación lo advertía que sería mejor que guardara las distancias.

Tenía reglas firmes en cuanto a las mujeres y nunca se desviaba de ellas. Relaciones breves, dulces y, sobre todo, sencillas. La elegante princesa era la viva imagen de la complicación.

Había visto muchas relaciones desmoronarse y, aunque sabía que no todas las parejas acababan mal, no estaba preparado a correr el riesgo.

–Conozco esa expresión. Estás meditabundo.

–Solo disfruto de las frivolidades –le dijo Wolfe a

Gilles, que se había acercado con dos copas de champaña en las manos.

–Pensaba que ibas a traer acompañante –dijo Gilles

–No mientras trabajo –replicó Wolfe.

–¿Te ha dejado? –Gilles lo miró divertido.

–Sí –Wolfe recordó la mirada de Astrid cuando le había dicho que no volvería a verla.

–En... ¿cuántas horas? –Gilles miró su reloj.

Wolfe soltó una risita. Había disfrutado de la compañía de Astrid durante cinco noches, cuando estuvo trabajando en Viena, el mes anterior. Cuando había intentado decirle adiós, se había puesto furiosa. Lo había acusado de utilizarla. Wolfe sabía que tenía fama de ser un mujeriego sin escrúpulos pero, sencillamente, era honesto. No veía el sentido a marear la perdiz y simular sentimientos que no sentía. Tampoco se acostaba con tantas mujeres como sugería su reputación. Si lo hiciera no tendría tiempo para trabajar.

–¿Qué puedo decir? Era una de las listas.

Wolfe esperó a que su amigo iniciara otra bienintencionada charla sobre lo bien que le iría sentar la cabeza. Por lo visto, Anne había reformado al marqués hasta el punto de que Wolfe casi prefería estar con ella a estar con él.

–Bueno, me parece bien.

–¿En serio?

–No pongas esa cara de alivio –Gilles se rio–. No iba a intentar reformar lo irreformable.

–Gracias a Dios.

–Pero necesito que me hagas un favor. Hay una chica a la que necesito que eches un vistazo esta noche, en la recepción.

–¿Una amiga de Anne, por un casual? –Wolfe puso los ojos en blanco.

–Sí. Pero no intento buscarte pareja, bruto. Es la mujer con quien mi padre quería que me casara.

Wolfe recordó una conversación que habían tenido muchos años antes. Deseó estar bebiendo cerveza helada en vez de champán.

–Hace años mi padre y el de ella decidieron que forjaríamos una fuerte unión si nos casáramos cuando alcanzásemos la mayoría de edad.

–Alcanzaste esa «mayoría de edad» hace diez años, amigo. ¿No es eso muy anticuado?

–Ya conoces a mi padre –la boca de Gilles se curvó con una sonrisa irónica–. El de ella es peor. Lo cierto es que los medios se han dedicado a revivir la vieja historia esta última semana, sacándole jugo al asunto de la prometida rechazada. Anne dice que lo ha pasado mal.

Wolfe sabía lo que era que hablaran a espaldas de uno. En el pueblo en el que había crecido habían hablado de su hermano y de él, pero más por compasión que por injuriar.

–¿Qué es lo que tiene ella de malo? –preguntó con suspicacia.

–Nada –rio Gilles–. Pero no quiero que te acuestes con ella. De hecho, me enfadaría que lo hicieras. Es fantástica y demasiado buena para ti. Solo quiero que te asegures de que lo pasa bien.

–¿Quién es? –preguntó Wolfe.

–¿Ves la mujer que está hablando con Anne?

A Wolfe no le hizo falta mirar para intuir que era la princesa. Por eso conocía tan bien la propiedad. Era amiga de la familia.

–Estoy seguro de que sabe cuidarse sola –Wolfe quería, ante todo, evitar a esa mujer.

Gilles lo miró intrigado. Wolfe se dijo que en realidad no tenía nada en contra de la princesa. Excepto que había ocupado su mente toda la mañana y deseaba levantarle la falda hasta la cintura, apoyarla en un olmo centenario y hacerla suya. La idea de que Gilles y ella hubieran sido amantes le dejó un sabor amargo en la boca.

–Yo también estoy seguro, pero ha venido a la boda sola y me gustaría que la cuidaras. Ya sabes, pedirle que baile contigo, ofrecerle bebida.

–Tienes camareros para lo último, y no soy una maldita niñera –rezongó Wolfe.

Gilles enarcó las cejas. Antes de que pudiera hablar, su nueva esposa se agarró a su abrazo.

–¿Niñera de quién? –los ojos verdes de Anne se clavaron en Wolfe. Gilles miró con expresión culpable a alguien que había a espaldas de Wolfe.

–¿No te referirás a mí, Gilles? –el tono de Ava era tan lírico y superior como Wolfe lo recordaba.

–Ava, estás tan bella como siempre –Gilles dio un paso adelante y besó sus mejillas.

–Ya veo que sí te referías a mí –rezongó ella–. Te aseguro que no necesito niñera –miró a Wolfe con tanto desdén que él deseó sonreír.

Wolfe recordó cómo había abierto las manos sobre sus abdominales mientras cabalgaban. La princesa había sentido atracción, sin duda.

–Claro que no, *ma petite* –dijo Gilles–. Te presento a Wolfe, un buen amigo mío.

–Ya nos conocemos. ¿Qué tal la cabeza? –preguntó Wolfe, sabiendo que eso la irritaría. Miró la pamela, ladeada para ocultar el chichón de su frente. Era rosa pálido, a juego con un traje de chaqueta que se ajustaba a sus curvas y dejaba ver sus perfectas pantorrillas y finos tobillos.

«Unas piernas excepcionales», pensó.

Ella arqueó una ceja, molesta con él.

–¿Os conocéis? –se sorprendió Gilles.

–No –replicó Ava.

–¿Eh? –Gilles miró a Wolfe.

–Se lo digo yo, ¿o lo haces tú? –dijo Wolfe.

Tras mirarlo con ira, Ava ofreció una sonrisa serena a Gilles y a Anne.

–No ha sido nada. Tuve un pequeño problema con el coche y tu amigo, amablemente, me trajo al castillo.

–¿Un problema con el coche? –inquirió Gilles.

Wolfe decidió que irritarla no entraba en su agenda, aunque su cuerpo estaba pidiéndole que la tumbara desnuda sobre sábanas de seda.

–Lo que Su Alteza quiere decir es que tuvo un accidente de coche, escaló el muro exterior y fue capturada por mis hombres.

–¡Y robé tu caballo porque estabas siendo increíblemente grosero! –lo interrumpió Ava.

–Vaya, y yo creía que lo robaste porque querías cabalgar –se pasó la mano por el abdomen, incapaz de resistirse.

–Si que pensé en eso –murmuró ella, pasándose la punta de la lengua por el labio inferior–. Pero como no estaba a la altura de mis estándares, ¿por qué molestarme?

Wolfe se rio por su descaro. Por suerte, Gilles estaba demasiado preocupado por el accidente para captar el doble sentido. Sin embargo, la mirada curiosa de Anne indicaba que ella no.

–¿Te hiciste daño? –preguntó Anne.

–Solo me hice un chichón en la frente –dijo Ava–. Fue un incidente insignificante.

–Yo no lo habría descrito así –dijo Wolfe torciendo la boca.

–¿No? –Ava sostuvo su mirada–. Tal vez necesites salir más por ahí.

–Es posible –aceptó él, captando el rubor de sus pómulos. Tal vez tendría que salir con ella. Aunque había decidido no hacerlo, diablos, estaba disfrutando con el intercambio.

–¿Qué hacías en el muro? –preguntó Gilles.

–Intentaba bajar, obviamente –replicó Ava con acidez–. Habría sido más fácil si no hubieras talado el viejo castaño.

–No tuve otra opción –Gilles se encogió de hombros–. Era un riesgo de seguridad.

Wolfe rio hasta que vio a Ava compartir una cálida sonrisa con Gilles. Se preguntó si había estado enamorada de su amigo. Y si lo seguía estando. Tal vez por eso Gilles le había pedido que le echara un vistazo, por si le daba por causar problemas. Preguntas, preguntas, preguntas. Solo le interesaba la respuesta a una.

«¿Cómo respondería en su cama?»

Ava, en la recepción, pensó que el nombre le cuadraba. Wolfe, que equivalía a lobo.

Depredador.

Intenso.

Arrogante.

Capaz de paralizarla con esos ojos color caramelo.

Y, si hacía caso a los rumores que había oído esa velada, era distante y nada emocional.

–Lo llaman Ice porque es puro hielo, y dicen que su corazón es tan difícil de encontrar como un diamante rosa –había dicho una mujer, mirándolo con anhelo desde el otro lado del salón.

Ava sabía que muchas mujeres consideraban a un hombre así un reto personal, especialmente a un macho alfa como Wolfe, pero no era una de ellas. Solo le interesaba un hombre cariñoso y considerado que respetara a una mujer y la considerase algo más que un trofeo que exhibir. Un hombre gentil y sofisticado que buscara amor y compañía, no aventuras breves y diversidad.

Eso le recordó un almuerzo con Anne, hacía un mes. «Sexy» y «divino» eran los términos que había usado al hablar de un amigo de Gilles llamado Wolfe. Y también «soltero empedernido». Ava le había dicho a su amiga que no le interesaban en absoluto los hombres con fobia al compromiso. Así que Wolfe estaba prohibido.

Aunque estuviera impresionante con un esmoquin hecho a medida.

«Oh, déjalo», se dijo. Muchos hombres estaban guapos con esmoquin. Sin embargo, esos hombres no la habían abrasado solo con mirarla, ni la habían hecho anhelar tocarlos por todas partes. Se dijo que tal vez solo estuviera buscando algo que la distrajera de las sonrisas educadas y las miradas curiosas de muchos de los invitados.

Los que eran amigos suyos sabían que nunca había estado involucrada con Gilles, pero todos estaban pasándolo bien y se sentía muy sola.

Absorta, recordó cómo Wolfe la había tenido entre

sus brazos esa mañana. No había podido evitar imaginar cómo sería besarlo. Incluso se había quedado quieta, anticipando ese beso.

La velada la había estresado y, además, no podía negar que Wolfe la intrigaba. Hacía mucho tiempo que ningún hombre llamaba su atención. Hacía mucho que no imaginaba un beso ni sentía la calidez del abrazo de un hombre.

Ava hizo una mueca.

«No intentes utilizar ese cuerpo tan sexy para conseguir mi favor, princesa», había dicho él.

Ava apretó los labios.

Arrogante.

Grosero.

Burdo.

Inculto.

Sin embargo, ella había tocado su cuerpo en cuanto había tenido oportunidad. Ava se llevó la copa de champán a los labios.

Vacía. Diablos.

El médico que Wolfe había enviado para que la viera, un gesto inesperado que aún no le había agradecido, le había recomendado que no bebiera esa noche. Pero ser la «prometida rechazada» en una sala llena de gente le daba ganas de beber.

Agarró una copa de la bandeja de un camarero y tomó un sorbo. No la sorprendía que las mujeres hablaran de Wolfe. Un hombre que podía alzar a una mujer de un caballo con una sola mano y bajarla lentamente al suelo, era muy atractivo.

Para algunas, se recordó. No para ella.

—¿Me concedes este baile?

Durante un instante, Ava imaginó que la voz que oía

a su espalda era de Wolfe, pero carecía de su tono aterciopelado y no le provocó escalofríos, así que supo que no era así. Se dio la vuelta y sonrió a un agradable lord inglés que llevaba rondándola toda la noche.

No tenía ganas de bailar con él, pero no quería dar lugar a cotilleos rechazando a cada hombre que se le acercaba. Esbozó una sonrisa cortés que expresaba «Sí, pero que quede claro que no me interesas» y aceptó sus brazos. En ese momento vio a Wolfe, que la observaba desde el otro lado de la sala, con una mujer joven, feliz y relajada al lado. Ava, en cambio, se sentía vieja, infeliz y tensa. En parte era culpa de Wolfe, porque no podía dejar de pensar en él.

Que estuviera con una mujer bella mientras la miraba, le confirmó que era un mujeriego. A no ser que la hubiera estado observando toda la noche por petición de Gilles.

Cinco minutos después, envió a su pareja de baile a buscarle un vaso de agua. No necesitaba testigos cuando le dijera a Wolfe que su atención era irritante e innecesaria.

Lo localizó en una zona poco iluminada del salón, apoyado en la pared. Le encantó descubrir que la rubia ya no estaba con él.

Cuando llegó a su lado, él la miró en silencio, con los ojos velados por tupidas pestañas oscuras.

–Estás observándome porque Gilles te lo ha pedido, ¿no? –dijo. Ver su sonrisa irónica la enfureció–. No necesito que lo hagas.

–Pensaba que a todas las mujeres les gustaba que las miraran. ¿No es la razón de que os pongáis esos vestidos tan sensuales? –la señaló de arriba abajo con la copa que tenía en la mano.

–Mi vestido es elegante, no sensual –Ava miró su vestido verde jade, sin tirantes, que se ajustaba a la cintura y luego caía suelto hasta el suelo.

–Bueno, digamos elegantemente sensual.

–No necesito niñera –le dijo Ava, pensando que el guapo australiano era muy zalamero.

–Nunca dije que la necesitaras. De hecho, le dije a Gilles que podías cuidarte solita.

–¿Tal vez porque me fui con tu caballo?

–No te fuiste con mi caballo –el tono de su voz sonó más grave–. Pero hiciste algo peligroso.

–No sé a qué te refieres.

–Estoy seguro de que sí –Wolfe sonrió.

Tomó un trago de cerveza y ella observó su fuerte cuello mientras tragaba. Sintió que sus senos se tensaban pero decidió ignorarlo.

–Entonces, si no estás haciendo lo que te pidió Gilles, ¿por qué me observas?

–¿Por qué crees tú? –recorrió su cuerpo con la mirada y a ella le quedó claro el porqué.

Recordó la sensación de sus enormes manos en su torso y sintió un escalofrío. Perturbada por su respuesta física, Ava movió la cabeza. Él parecía sereno y relajado, pero estaba segura de que si lo tocaba lo notaría tenso como un muelle.

–¡Me parece que eres un hombre que consigue lo que quiere demasiado a menudo, Ice! –lo retó. Su forma de mirarla la estaba volviendo loca. Sabía que él percibía la química que había entre ellos y se preguntó qué haría falta para hacerle perder el control.

–¿Ah, sí?

–Sí –Ava intentó sonar indiferente, pero tenía el corazón desbocado–. En el tocador se comenta que robas corazones dondequiera que vas.

–¿Has estado hablando de mí, princesa?

–Eso no es una respuesta –le lanzó.

–No has hecho una pregunta –dijo él, enarcando una ceja al oír su tono airado.

Ella, frustrada, decidió desearle las buenas noches. Aunque había decidido ignorar lo que le hacía sentir, seguía allí, casi provocándolo para que le hiciera cambiar de opinión. Desvió la mirada de su sensual media sonrisa, dio un paso atrás y se colocó un mechón de pelo tras la oreja.

–Muy bien. Si...

La mano de él se disparó hacia su brazo y lo agarró con suavidad, sorprendiéndola.

–No juegues conmigo, Rapunzel. Te garantizo que perderás.

Ava apenas podía contener su ira. Si alguien estaba jugando, era él, no ella.

–Te equivocas. No soy yo quien juega aquí ––alzó la barbilla. Sería estúpido permitir que ese hombre entrara en su vida, en cualquier sentido.

Él alzó las pestañas y la miró directamente, haciéndole sentir el calor sensual de sus ojos. Se sintió como un cervatillo atrapado por los faros de un coche mientras él se acercaba lentamente. Solo se dio cuenta de que era ella quien se movía hacia él cuando le pusieron un vaso de agua ante la cara.

–Aquí tienes –resopló lord Parker, mirando a Wolfe con el pecho hinchado.

Ava sintió una absurda decepción cuando Wolfe se limitó a pasar un pulgar por su muñeca antes de soltarla.

Como si se le hubiera ocurrido de repente, él se inclinó hacia su oreja, embriagándola con su aroma varonil.

–Cuidado con lo que deseas, princesa. Podrías conseguirlo –se enderezó–. ¿Me disculpas? –un segundo después, cruzaba el suelo de mármol y pasaba a otra habitación.

Ava dejó escapar el aire que había contenido. Tendría que alegrarse de que se hubiera ido. Era arrogante, molesto y descarado, sin embargo la excitaba más que ningún otro hombre. Era un potente afrodisíaco. Absorbente y tentador. Y aunque él acababa de prevenirla, una parte de ella aún deseaba saber cómo sería sentir sus fuertes manos en su piel ardiente, y desnuda.

–Señoras y caballeros... La novia está a punto de lanzar el ramo. Después la pareja se retirará.

Se oyó un gritito triunfal cuando una de las amigas de Anne agarró el ramo, seguido por aplausos cuando los novios empezaron a subir la escalera. Pasarían la noche en el castillo e iniciarían su luna de miel después del almuerzo.

Ava les deseaba lo mejor, pero sentía cierta opresión en el pecho. Anne y Gilles eran muy felices y estaban muy enamorados. El viejo temor a no llegar a experimentar algo así disminuía la alegría que sentía por ellos.

Comprendiendo que estaba más afectada de lo que había creído, decidió retirarse. Miró a su alrededor y no vio a Wolfe. Por un lado quería que la deseara, por otro que no lo hiciera. Su cerebro estaba atascado, como un disco rayado. La palabra «sexo» no dejaba de rondar su cabeza.

Lo último que quería era practicar sexo con un hombre inadecuado para sus sueños y esperanzas. Molesta, giró sobre los talones y estuvo a punto de chocar con el hombre que había ocupado su mente casi todo el día.

–Te vas antes de nuestro baile –murmuró él.

–Creía que no te iban los juegos –dijo ella. Le dolían los pies y no quería bailar.

Él ensanchó las aletas de la nariz al oír su tono agresivo; ella sintió un cosquilleo en la pelvis, sabía que él sí jugaba. Y aunque jugar iba en contra de sus principios, parte de ella quería jugar con él, esa noche.

–Quizás quiera tenerte en mis brazos otra vez.

Ella sintió que su voz la abrasaba por dentro. Se preguntó cómo podía una mujer evitar rendirse a tal intensidad sexual

–¿Quieres?

–Sí –como si percibiera su rendición, él esbozo una sonrisa lobuna. Le quitó la copa y la rodeó con los brazos.

A Ava le dio un vuelco el corazón.

–¿Qué pasa con lo que quiero yo? –preguntó, para intentar recuperar un cierto control.

–Esto es lo que quieres, princesa –alzó la mano que sujetaba la de ella hacia su rostro y pasó los nudillos por su mejilla.

Ella se estremeció. «Cuidado, Ava», se dijo. Hizo acopio de valor para resistirse a su magnetismo. Se iría en cuanto acabara la canción.

–Un baile –aceptó.

Capítulo 3

¿BAILAR? Wolfe no quería bailar con ella. Quería poseerla. Y para un hombre que se autodefinía como «no jugador», había jugado a acecharla y evitarla toda la noche.

Su intención había sido evitarla. Pero había estado perdido en cuanto la vio entrar con un vestido verde que flotaba a su alrededor. Tal vez no perdido, más bien hipnotizado. Y lo había irritado mucho notar que todo el resto de los hombres del salón de baile sentían lo mismo. Los casados no podían hacer nada al respecto, pero los solteros habían estado haciendo fila para acercarse a ella.

Él, en cambio, había pasado casi toda la noche controlando el impulso de abrirse paso entre los invitados y echársela al hombro como un cavernícola

Química. Nunca había experimentado una tan fuerte. Sabía que la mejor forma de atemperarla sería poseyéndola. De momento había cumplido su plan de no acercarse a ella, pero no tenía por qué hacerlo. Estaba respondiendo como cualquier hombre sano que tuviera a una mujer bella en los brazos. No tenía nada de complicado.

Lo preocupante sería no desearla. Era racional y normal sentir una lujuria demencial por ella.

Wolfe miró su rostro. Tenía las mejillas sonrosadas y los labios entreabiertos. Desplazó la vista a sus senos firmes, con los pezones erectos, y volvió hacia arriba. Ella tenía la mirada velada, como si también la sorprendiera lo fuerte que era la química entre ellos.

Él abrió la mano sobre su cadera y la atrajo más. Notó el instante en que ella sintió su erección, porque dejó escapar un gemido suave y femenino que lo excitó aún más.

Deseaba introducir la mano entre su cabello y capturar su boca, pero consiguió controlarse. Alzó su barbilla y la obligó a mirarlo.

–Te deseo, Ava. Quiero besarte hasta quitarte el sentido y hacerte el amor hasta dejarte agotada. No he pensado en otra cosa en todo el día.

Ella se estremeció y Wolfe se sintió al filo de la navaja mientras esperaba su respuesta.

–Yo... –soltó el aire y tragó–. De acuerdo.

Exaltado, Wolfe agarró su mano y la sacó de la pista de baile.

A Ava le habían adjudicado una habitación en el ala este del castillo y él no paró ni a tomar aire hasta que, en el descansillo de la segunda planta, notó un tironcito en la mano. Se volvió y la observó pasarse las manos por la falda del vestido.

–Wolfe –carraspeó–. No estoy segura de que esto sea buena idea.

Wolfe solo estaba seguro de que el tono grave de su voz al decir su nombre lo retorcía por dentro. Lo retorcía y abrasaba.

–¿Qué es lo que no estás segura de que sea buena idea? ¿Esto? –la apretó contra la pared y rodeó su rostro con las manos. Después, reclamó su boca.

Sus sentidos quedaron desbordados por su sabor intenso y embriagador. Había sabido que sería así. Abrumador. Los labios color rubí eran más carnosos y dulces de lo que había imaginado. Cuando ella los entreabrió y se acercó más, el deseo de seducirla lo consumió.

Hundió los dedos en su cabeza para sujetarla mientras profundizaba el beso e introducía la lengua en su boca para explorar cada rincón.

–Wolfe, por favor...

El suave gemido lo inflamó hasta la locura. Necesitaba más. Deslizó las manos por sus esbeltas curvas, desesperado por introducirlas bajo el vestido. Sintió una gran satisfacción al comprobar que ella correspondía a su lujuria. La incertidumbre de unos minutos antes era pasto de las llamas del fuego que había encendido en ella.

Era una mujer sensacional. No recordaba haber sentido nunca un deseo tan frenético. Por suerte, el ruido de un portazo en algún lugar del corredor le hizo recuperar el sentido común.

Agarró su mano y tiró de ella hasta que ambos estuvieron en el dormitorio, con la puerta cerrada.

Encendió la luz y la miró. Estaba en el centro de la habitación como una ofrenda pagana, con los labios ya húmedos e hinchados por su besos. La vio tragar aire y creyó captar una sombra de vulnerabilidad en su rostro.

Eso lo hizo pararse a pensar un momento.

Siempre había evitado las relaciones serias con las mujeres, escarmentado tras haber tenido que solucionar los problemas que su madre había causado con sus acciones. Se dijo que el sexo con Ava de Veers no suponía una amenaza para su bienestar, en ningún sentido

Suponía placer. Placer mutuo y no adulterado.

–Me gusta dejar la luz encendida –dijo.

–A mí... me da igual –ella se mojó los labios.

Wolfe seguro de lo que hacía, fue hacia ella. Escrutó los ojos ahumados, buscando algún otro rastro de aprensión, prometiéndose que se detendría si captaba un atisbo de incertidumbre. Por suerte, la mirada de ella habría sido capaz de fundir el hierro.

De derretir su voluntad férrea.

Rechazando la insidiosa sospecha de que una vez nunca sería suficiente con esa mujer, puso la mano en su nuca y la alzó de puntillas. Ella apoyó las manos en sus hombros y echó la cabeza hacia atrás, ofreciéndole la elegante curva de su cuello.

Wolfe curvó el labio superior; por fin entendía por qué estaban tan de moda las películas de vampiros. La lujuria le hacía hervir la sangre y alzó la otra mano para acariciar la delicada piel que había expuesto a su vista. Ella abrió los ojos e hizo algo que él no esperaba: tomó el mando y oprimió los labios contra los suyos.

La dejó besar y mordisquear su boca unos diez segundos antes de que el instinto primitivo que ella despertaba en él ganara la partida. Afirmó manos y labios e hizo que abriera la boca y se entregara a su exploración.

Ella lo hizo sin el menor titubeo. Se abrazó a su cuello y arqueó el cuerpo hacia él.

Wolfe se dijo que debía ir más despacio, pero ella ladeó la boca para amoldarse mejor a la de él y, por imposible que pareciera, profundizó en el beso. Enredó su dulce lengua alrededor de él e hizo que la cabeza le diera vueltas.

Se quitó la chaqueta, apartó los dedos de ella de la camisa y la abrió de un tirón, haciendo saltar los botones. Cuando se libró de la prenda, agradeció el aire fresco en su piel ardiente.

Llevó las manos a su cabello oscuro y le soltó el recogido. Tragó aire cuando cayó como una cascada por encima de sus delicados hombros.

Ignorando las emociones que asolaban su mente, moldeó sus senos con las manos. Suaves y redondos, con los pezones ya tensos contra la sedosa tela del vestido. Mirándola a los ojos, pasó los pulgares por sus dos pezones a la vez.

—Oh, Wolfe. *Mon Dieu.*

El gruñido ronco lo urgió a bajar la cremallera del vestido hasta que sus pálidos y perfectos senos se irguieron ante su ojos.

—Ava, eres... —maldijo para sí y se inclinó para succionar un pezón rosado. Su sabor hizo que todo su cuerpo palpitara, y cuando ella agarró su cabeza para atraerlo más, dejó atrás cualquier pretensión de galantería: la alzó en brazos, arrancó la colcha de flores de un tirón, y la dejó sobre las sábanas blancas.

Ella se apoyó en los codos y lo observó con párpados pesados mientras la libraba del vestido.

Mientras se liberaba del resto de su ropa, Wolfe contempló el cabello oscuro cayendo en cascada, los senos subiendo y bajando al ritmo de su respiración agitada, la cintura estrecha y las bragas moradas que revelaban más que escondían.

Inhalando su aroma femenino, él subió a la cama y enmarcó su rostro con las manos.

—Ahora, preciosa mía, te tengo donde quería.

Ella se estremeció y giró la cabeza para atrapar su boca. Él gruñó y se dejó absorber por el beso, al tiempo que deslizaba una de las manos por su torso, aprendiendo las formas de su cuerpo.

Ava por su parte estaba ocupada acariciando los

músculos de sus brazos. Cuando hizo presión contra sus hombros, él no se movió.

–Es como si estuvieras hecho de acero. Eres inamovible.

–¿Adónde quieres que me mueva? –su voz sonó ronca y sexy–. ¿Arriba? –besándola, subió por su cuello hasta el lóbulo de la oreja, que mordisqueó–. ¿O abajo? –lamió su clavícula y siguió hacia abajo, camino de su escote.

Los ojos de ella se nublaron de deseo.

–¿Ava?

–¿*Quoi?* –se arqueó sobre la cama, ofreciéndole los senos.

–¿Hacia dónde voy?

Ella dejó escapar un gemido mientras él seguía tentándola; de repente, colocó una pierna sobre su cadera y él adivinó sus intenciones, así que permitió que lo tumbara de espaldas. Ella se puso a horcajadas sobre su cintura.

–Ahora mismo, ¿quién tiene a quién dónde lo quería? –inquirió ella con una mirada triunfal.

–Creo que soy yo – Wolfe sonrió y la recolocó hasta situarla sobre su erección.

–Ooohhh –Ava abrió las palmas de las manos sobre su pecho–. Sé que piensas que...

Wolfe se irguió y atrapó uno de sus pezones con la boca, interrumpiendo su diálogo. Sentir el centro de su femineidad tan caliente y húmedo estaba haciéndole perder el control. La hora de hablar había llegado a su fin.

–Creo que eres sensacional –dijo. Pasó la boca a su otro pezón y supo que lo decía en serio.

Normalmente, las mujeres dejaban todo en sus manos en la cama, pero lo que hacía ella era más interesante. Y el sabor de sus pezones rojo cereza lo volvía loco.

Sin dejar de besarla, deslizó la mano hasta posarla en su sexo, abierto y húmedo para él. El fino tejido de sus bragas no fue barrera. Ella abrió los ojos cuando introdujo un dedo en su interior. Gritó su nombre y se balanceó sobre su mano, buscando la fricción.

La erección de Wolfe empezaba a ser dolorosa, pero se obligó a esperar. Disfrutó de la atónita mirada de placer de Ava cuando él empezó a trazar círculos alrededor de su clítoris. Le gustó aún más que echara la cabeza hacia atrás y gritara su nombre, entregándose al éxtasis.

Dejó que lo cabalgara hasta que, al final del orgasmo, ella inclinó la cabeza y una sedosa cascada de pelo cayó sobre su rostro. Necesitando penetrarla con una urgencia sorprendente, Wolfe la tumbó de espaldas y rio para sí cuando ella le dejó hacer.

–Al menos ahora sé cómo conseguir tu absoluta cooperación.

–¿Qué acabas de hacerme? –Ava apartándose el pelo de la cara, se estiró con placer.

–Te he hecho subir muy alto –se puso un preservativo, que había sacado de la cartera, y le abrió los muslos. La penetró con una embestida lenta y lujuriosa–. Y voy a hacerlo de nuevo.

Requirió todo su control mantener un ritmo pausado y suave, hasta que ella se amoldó a su tamaño. Cuando notó que se relajaba y lo aceptaba entero en su interior, ya no pudo parar. Rondaron varias veces el borde del abismo hasta que, con un gemido, ella agarró sus caderas y lo obligó a saltar a un espacio tan abrasador que él creyó que sus cuerpos se fundirían y fusionarían para siempre.

Su último pensamiento coherente fue, «¿Qué voy a hacer tras una experiencia como esta?»

Con la descarga de la tensión sexual llegó la claridad, y Ava apenas podía creer lo que acababa de ocurrir. ¿Era posible que acabara de practicar sexo con un hombre al que había conocido unas horas antes? ¿Con un amigo de Gilles?

Sí que lo era. La evidencia eran los diminutos espasmos de placer que seguían contrayendo su interior y la respiración entrecortada del hombre que había a su lado, que tenía expresión de estar buscando una excusa para irse de allí.

—Me había dicho que no haría esto —dijo.

Al oírla, él se giró para mirarla. La piel de Ava ardió cuando sus ojos la recorrieron y, con indiferencia simulada, se tapó con la sábana.

—¿Y por qué lo has hecho? —su voz sonó grave. Sexy.

—Curiosidad —replicó ella, porque le pareció que sonaba mejor que «No he podido evitarlo».

—Eso suena a calculado —estrechó los ojos como si la estuviera evaluando. Juzgándola.

—En absoluto —Ava se preguntó si creía que había buscado acostarse con él. Avergonzada, se preguntó cuál era el siguiente paso. ¿Charlaban por cortesía? ¿Él se levantaba y se iba? Tendría que irse, claro, porque estaban en su dormitorio.

Insegura de sí misma, decidió que no tenía más opción que usar uno de sus trucos habituales: simular indiferencia o que controlaba la situación. Optó por la segunda posibilidad.

–Por favor, no te sientas obligado a quedarte. Debes de estar cansado y yo soy poco sentimental.

–¿Esa es tu idea de una conversación de cama? –Wolfe se apoyó en el codo y sonrió.

–Si tú no estás cansado, yo sí –Ava fingió un bostezo. Esa era su idea de autodefensa.

–¿Estás pidiéndome u ordenándome que me vaya? –los ojos marrón dorado se endurecieron.

–¿No es eso lo que estabas pensando hacer? –sus ojos se encontraron un instante y ella supo que había acertado.

–En realidad, estaba pensando en invitarte a cenar.

La respuesta la tomó por sorpresa y pensó que él mentía. Así que ignoró la punzada de placer que le habían provocado sus palabras.

–Me encantaría, pero llegas cinco horas tarde.

–¿Siempre eres tan arisca después de un encuentro sexual? –él movió la cabeza, divertido.

Ava tragó saliva. No lo sabía. Nunca había practicado sexo como ese antes. Eso la alarmaba y excitaba al mismo tiempo. Se preguntó qué había ocurrido con su promesa de salir solo con hombres que quisieran lo mismo que ella: amor, una familia.

Odiando la sensación de inseguridad que la atenazaba, paseó la mirada por el rostro de Wolfe y por sus anchos hombros. Arrugó la frente al ver una cicatriz bajo su clavícula.

–Es de la bala de una semiautomática.

Ava lo miró desconcertada. Lo había dicho como si estuviera pidiendo un sándwich.

–¡Ay! –exclamó con ligereza. Vio otra cicatriz más abajo–. ¿Y esta?

–Metralla –replicó él, agarrando un mechón de su cabello y enrollándoselo en el dedo.

–¿Amante irritada? –preguntó ella señalando otra pequeña marca que tenía en el brazo.

–Un francotirador con buena puntería.

–Se diría que no eres muy bueno en tu trabajo –bromeó ella.

–Es una forma de verlo –los ojos de él chispearon. Soltó su pelo y empezó a acariciar su escote, hasta donde permitía la sábana.

Ella, incapaz de controlarse, desvió la vista hacia abajo, observando la fina línea de vello que dividía su abdomen en dos y bajaba hacia una impresionante erección. Al mismo tiempo, vio una cicatriz blanca que partía de su cadera y descendía hacia el muslo. No sabía en cuál de las dos cosas centrar su atención

–¿Estás segura de que quieres saber la causa? –preguntó él, consciente de lo que ella miraba.

–¿De la cicatriz?

–Bueno, de eso también –rio él.

–¿Qué ocurrió?

–Un desafortunado encuentro con un trozo de alambre de espino, gracias a un hermano menor de lo más competitivo. No es nada glamurosa.

–¡Glamurosa! –juntó las cejas–. ¡Ninguna es glamurosa!

–Te sorprendería saber a cuántas mujeres les parecen excitantes.

–A mí no –Ava se estremeció.

–¿No? –él tocó su rostro casi con reverencia, acariciando suavemente el chichón.

Ava sonrió y volvió a sorprenderse al besarlo en los labios. Algo chispeó en los ojos de él cuando se apartó. Era una emoción sin nombre, que pulsaba en el aire entre ellos. Captó el instante en el que Wolfe rechazaba lo que fuera que había sentido. Un segundo después, estaba de espaldas con Wolfe sobre ella. Él capturó sus manos con una de las suyas y las alzó sobre su cabeza con una sonrisa hambrienta.

–Wolfe, probablemente no deberíamos volver a hacer esto –susurró Ava con poca convicción.

Wolfe atrapó su boca y presionó con una rodilla para que abriera los muslos. Tras ponerse un preservativo, se introdujo en su cálido y húmedo interior.

–Probablemente no deberíamos haberlo hecho nunca –gruñó él con satisfacción.

Capítulo 4

WOLFE, con el ceño fruncido, cruzó la rotonda que había ante el castillo, camino de la casita. Aún era temprano; en el horizonte una fina franja naranja teñía el cielo azul pálido.

Se preguntaba por qué diablo la había invitado a cenar y si ella esperaba que fuese esa noche.

Al día siguiente tenía una reunión importante en Hamburgo, a primera hora. No tenía tiempo para salir con una mujer. Le pediría disculpas, alegando que había olvidado lo de la reunión.

Hizo una mueca. Sin duda, ella pensaría que era una excusa, pero no podía hacer otra cosa.

Tensó la mandíbula. Tras años de práctica, su cuerpo se había puesto en acción justo antes del amanecer y se había despertado junto a una mujer cálida y sexy, que apoyaba la cabeza sobre su hombro y una mano en su pecho.

No. No podía cenar con ella ni esa noche ni nunca. El sexo había sido excepcional, pero él apenas iba a París y, aunque fuera, no tendría tiempo para verla. Lo último que necesitaba era otro rapapolvo de una mujer que quería más de lo que él podía dar.

Se preguntó si Ava sería así. Si lo acusaría de haberla utilizado aunque ambos habían estado de acuerdo en algo a corto plazo. De repente, perdió el paso al recordar que Ava y él no habían acordado nada la noche anterior. Habían estado demasiado ocupados arrancándose la ropa.

Wolfe sonrió y lanzó un resoplido. Había sido espectacular. Ardiente bajo esa perfección de princesa real. Sabía que Gilles se enfadaría si se enteraba de que se había acostado con ella, pero... Frunció el ceño, preguntándose si Gilles la había tenido en sus brazos como él, después del sexo. De hecho, era raro que él lo hubiera hecho, solía dormir boca abajo.

Iniciar una aventura con la exprometida de su amigo no iba a funcionar para nadie. Le diría que había sido maravilloso, lo más fantástico de... Le diría que eran adultos con vidas muy distintas.

Se detuvo con la mano ya en el pomo de la puerta de la casita. «Diablos», pensó.

Tenía que llevarla a cenar. Había mentido al decirle que estaba pensando en invitarla, cierto, pero no era ningún bastardo. Lo menos que podía hacer tras la noche que habían compartido era cenar con ella.

Elegiría un restaurante pequeño y discreto, haría que se sintiera especial, la llevaría de vuelta a casa y quizás pondrían fin a la noche con algo de sexo, aunque no era imprescindible. Después él se iría y su mundo volvería a la normalidad.

Agradable y sencillo. Un trabajo bien hecho.

Abrió la puerta y saludó a sus hombres. No sabía si debía preocuparlo la excitación que sentía al pensar en verla de nuevo.

Ava se despertó sola y comprendió, por el calor, que era tarde. El olor de Wolfe en la almohada contigua y estar desnuda le hicieron recordar lo ocurrido la noche anterior.

No sabía qué la había poseído para acostarse con él. Si hubiera tenido la cabeza en su sitio no se habría entregado de esa manera a un hombre al que apenas conocía. Su mente se llenó de imágenes del magnífico cuerpo de Wolfe y arrugó la frente. No le iban los cavernícolas, por muy carismáticos que fueran, y nunca había sido de las que perdían la cabeza por un rostro y un cuerpo.

«Hasta ahora», trinó una vocecita en su cabeza. «Nunca», le devolvió Ava con firmeza.

Se apartó el pelo de la cara y gruñó al notar su disposición a revivir cada momento erótico. Sin duda, había algo que decir a favor de los músculos sólidos y cálidos, y ese hombre sabía cómo ocuparse del cuerpo de una mujer. Lógico porque, según Anne, tenía la experiencia de diez hombres. Ava no tenía tiempo para alguien así; estaba harta de aventuras en las que los hombres querían sexo y las mujeres una relación.

La noche anterior había sido... Había sido sensacional, sí. Pero una aberración. Una de esas cosas inexplicables que uno sabía que no tendría que haber hecho. Demasiado champán, demasiada ansiedad por la boda, demasiada testosterona en forma de dios rubio.

Ava saltó de la cama e hizo una mueca al notar los efectos de la posesión masculina. Era tan grande, tan fuerte. Cuando había sujetado sus manos y la había hecho cautiva... Ava se estremeció y rechazó la reacción de su cuerpo. Pero él había jugado con ella y se había ido; sus acciones decían más que mil palabras.

La vieja inseguridad, que había creído largo tiempo olvidada, alzó la cabeza y bostezó. Pero no hizo caso. Ya había luchado contra esa sensación infantil cuando se trasladó a París. Pensó que, tal vez, la llamada de su padre y su respuesta emocional a la boda, la habían afectado más de lo que creía e incidido en su comportamiento.

Otro comentario de Anne invadió su cerebro: «Las mujeres caen a sus pies. Pero él vive a todo ritmo. Según Gilles, nunca pasa más de unos días en ninguna ciudad. Es como si estuviera recorriendo el globo en busca de un santo grial».

Ava pensó, con aspereza, que sin duda buscaba variedad en la cama. Mentalmente, le deseó buena suerte y que lo disfrutara.

«Te invitó a cenar», le recordó esa vocecita endiablada. Ella se dijo que lo había hecho por un sentimiento de culpabilidad. Había sido un gesto amable, pero a su voz le había faltado convicción. Y su marcha esa mañana era la prueba.

No. No cenaría con Wolfe. Él en realidad no lo deseaba y equivaldría a prolongar lo inevitable. Además, le parecía fatal obligar a alguien a hacer algo que no deseaba. Ese era el modus operandi de su padre, no el suyo.

Ducharse. Vestirse. Alquilar un coche. Volver a París. Tenía una reunión con un nuevo artista, que estaba seguro sería un pesado, pero tenía el potencial de un Van Gogh y no podía llegar tarde.

No tenía tiempo para pensar en un hombre que había disfrutado tanto como ella sin hacer promesas de futuro. Casi tenía treinta años, no podía desperdiciar tiempo en aventuras con musculosos australianos, expertos en seguridad. Si tenía suerte no lo vería y se ahorraría el mal trago de «la mañana después».

Sintiéndose mucho mejor tras la ducha, sonreía cuando

cruzó el vestíbulo de mármol y dejó su maleta junto a la puerta. Se inclinó para sacar la nota de agradecimiento que les había escrito a Anne y a Gilles, para dársela al mayordomo. De repente oyó una voz a su espalda.

–¿Te vas tan pronto?

Ava giró en redondo y su melena trazó un arco sobre sus hombros. Wolfe estaba en puerta, guapísimo con botas gastadas, pantalones vaqueros negros y una camiseta blanca que resaltaba su musculatura. Ava se llevó la mano al pecho e intentó sonreír.

–Me has asustado.

–Es obvio –él se cruzó de brazos.

–Yo..., ah... –se odió por sonar como una adolescente. No entendía que él pareciera enfadado. No era ella la que se había ido antes de que los pájaros empezaran a cantar–. Tengo un día muy ajetreado por delante.

Wolfe supo de inmediato que Ava había relegado al pasado la noche que habían pasado juntos. Era obvio por la postura de su cabeza, los hombros tensos y cómo evitaba su mirada. Por no hablar de la tenue sonrisa que le ofrecía, como si la noche anterior se hubiera limitado a una conversación cortés, en vez de ser un intercambio de fluidos. Decir que eso lo indignó habría sido quedarse muy corto.

Recordó cómo le había dicho que podía irse de la habitación. Entonces había creído que quería ofrecerle una salida digna, pero tal vez hubiera estado intentando librarse de él.

–¿Un domingo? –se extrañó, escéptico.

–Sí –ella alzó la barbilla con orgullo.

–¿Y la cena? –preguntó él con voz templada.

–¿Esta noche? –ella desvió la mirada como si sintiera cierto remordimiento.

El maldijo para sí. Wolfe había comprendido que no tenía intención de cenar con él, ni esa ni ninguna otra noche. No le gustó nada.

–Sí. Tú, yo, una botella de vino tinto. ¿O prefieres champán?

–La verdad es que esta tarde he quedado con alguien, así que esta noche es imposible.

Wolfe, mientras recorría su esbelta figura y, mentalmente, le quitaba el vestido de verano y las sandalias, se preguntó si habría quedado con algún amante. Sentía una irracional respuesta posesiva. Tendría que alegrarse de que ella no quisiera complicar las cosas porque, al fin y al cabo, él perdería el interés en poco tiempo.

–Probablemente sea mejor así, ¿no crees? –preguntó ella, demasiado rápido.

–Mejor así, ¿el qué? –cruzado de brazos, se balanceó en los talones. No iba a ponérselo fácil.

–Mejor que olvidemos la cena –dijo ella, taladrándolo con la mirada–. Y lo de anoche.

–¿Olvidar lo de anoche? –Wolfe no creía que eso le hubiera ocurrido nunca antes. Una mujer que, después de una noche de sexo fantástico no solo no quería cenar con él sino que, a juzgar por su expresión, no quería volver a verlo.

–Venga ya, Wolfe –apoyó las manos en las caderas–. Seguro que esto no es nuevo para ti. De hecho, probablemente sea un alivio.

Él se obligó a concentrarse. Sí, tendría que haber sido un alivio. Pero le parecía un insulto.

–¿Crees que me acuesto con una mujer cada vez que salgo por ahí?

–No lo sé –su tono indicó que tampoco le importaba–. ¿Por qué estamos discutiendo? ¿Querías algo más que sexo después de anoche?

Él se tensó al ver cómo ella le daba la vuelta a la situación. Le parecía mal decir «no», pero...

–No –dijo.

Ella asintió como si esperara esa respuesta. Como si la deseara. Él se preguntó si era habitual que tuviera aventuras de una noche. La idea hizo que se le encogiera el estómago.

–Fantástico, entonces estamos de acuerdo. Anoche lo pasé muy bien. Espero que tú también –encogió los hombros casi a modo de disculpa.

Wolfe se preguntó si las mujeres a las que rechazaba se sentían como él en ese momento. Con todas las demás había sido él quien sentaba las bases desde el principio. Tal vez su reacción se debía a que esa vez no lo había hecho.

–¿Qué más hay que decir? –lo retó Ava.

–Es obvio que nada –repuso Wolfe–. Es obvio que lo tienes todo muy claro.

Ella apretó los labios, como si su tono de voz la estuviera confundiendo. Se oyeron unos pasos bajando la escalera y Ava maldijo en francés.

–Viene Gilles. ¿Podemos simular que no ha ocurrido nada? –soltó una risita–. Sí, la boda fue genial... Oh, Gilles. *Bonjour*. ¿Dónde está Anne?

Wolfe se planteó decirle que nunca sería buena actriz. Parecía tan inocente como una ladrona a quien hubieran pillado con las manos en la masa. Estrechó los ojos cuando Gilles puso las manos en su cintura y besó sus mejillas. Deseó apartarlo.

–El timbre antiguo para llamar al servicio, que a

Anne tanto le gusta, no funcionó esta mañana, así que me ha enviado a pedir café.

–Una idea fantástica –dijo Ava–. Creo que me vendría bien uno.

–¿Tú también quieres, Wolfe? –Gilles se frotó los ojos, como si hubiera dormido bien poco. Wolfe entendió perfectamente cómo se sentía.

–No. Ya he tomado demasiado –decidiendo que ya era hora de irse, Wolfe metió la mano en el bolsillo y sacó un teléfono móvil.

–Esto es para ti –le dijo a Ava–. Me he tomado la libertad de ponerle la tarjeta SIM del móvil que mis hombres encontraron roto en tu coche.

–Ah –dijo ella, confusa–. No hacía falta.

Él sabía eso de sobra. Le dio el teléfono e informó a Gilles de sus planes de irse antes de lo previsto. Mientras hablaban, Ava encendió el teléfono y empezó recibir mensajes. Al verlos, arrugó la frente con preocupación.

–¿Qué ocurre? –preguntó Wolfe.

–Tengo diez mensajes de mi padre. Perdonadme –marcó un número y se llevó el teléfono al oído. De inmediato, se puso pálida–. Frédéric ha tenido un accidente. Gilles... –su voz se apagó–. ¿Quoi?

Sin ser consciente de ello, aferró el brazo de Wolfe. Gilles sacudió la cabeza, desconcertado.

–Tengo que hablar con mi padre. Averiguar en qué hospital está –Ava, temblorosa, dejó caer el teléfono, pero Wolfe lo agarró al vuelo–. Parece que ha sido un accidente grave.

Wolfe maldijo entre dientes.

–Ava... –dijo.

–No –alzó la mano para acallarlo y se apartó de ambos, tan desorientada que habría chocado contra la pared si Wolfe no la hubiera agarrado.

–Respira, Ava –ordenó–. Dentro. Fuera. Así.

–Estoy bien –tensa, apartó su mano.

–Dame el teléfono –dijo Wolfe–. Llamaré a tu padre.

Ella tragó con fuerza. Wolfe deseó rodearla con sus brazos, pero estaba tan rígida como si llevara armadura. La fragilidad de hacía unos segundos había desaparecido. Ignorando la voz que le decía que no se metiera en lo que no le concernía, buscó «papá» o «padre» en la lista de contactos, sin éxito.

–¿Cómo se llama? –preguntó.

–En la lista es «El tirano» –replicó ella, alzando la barbilla y retándolo a hacer algún comentario. Él se preguntó si su padre era realmente un tirano o si ella era una niña mimada que tenía pataletas cuando las cosas le iban mal. Encontró el número, marcó y se presentó cuando el rey contestó de inmediato.

–Majestad, soy James Wolfe, gerente de Wolfe Inc. Tengo aquí a su hija y a Gilles. ¿Ava?

–Señor... –Ava aceptó el teléfono, temblorosa.

–Claro. *Oui.* Encontraré un vuelo. Sí. Vale –apagó el teléfono y lo miró como si fuera un ovni.

–¿Ava? –preguntó Gilles. Ella lo miró como si no supiera qué hacía él allí.

Estaba en estado de shock. Wolfe reconoció los síntomas de inmediato.

–Tengo que... –movió la cabeza, intentando despejarla–. Yo... Frédéric ha muerto. Él... Necesito volar de vuelta a casa.

Gilles apenas parpadeó, pero Wolfe notó que estaba devastado por la noticia.

–Wolfe, ¿puedes prestarnos tu avión?

–Claro, Gilles. Yo la llevaré.

–Frédéric era un buen amigo. Yo...

–Tú deberías estar con Anne.

–Puedo organizarme sola –interrumpió Ava.

–No seas tonta, Ava –Gilles puso un brazo sobre sus hombros–. No puedes estar sola en un momento como este.

–¿Tu prioridad no tendría que ser tu esposa y tus invitados? –Wolfe se odió por recordarle eso a Gilles, pero había sentido una punzada de celos al verlo tocarla.

–¿Podéis dejarlo ya? –exigió Ava–. Soy más que capaz de...

–Subir a mi avión y dejar que te lleve a casa –afirmó Wolfe.

–No quiero causarte ninguna molestia –refutó ella con un mohín.

–Es tarde para eso –dijo Wolfe. No iba a permitir que Gilles la llevara a Anders. Se acercó a ella–. ¿Es esa tu única maleta? No es momento para discutir, ¿verdad?

–No –la mirada de ella se volvió distante–. De acuerdo. Puedes llevarme.

Wolfe movió la cabeza, atónito por cómo ella había convertido su consentimiento en una orden.

Ava, en piloto automático, apenas notó que Wolfe le abrochaba el cinturón de seguridad cuando el avión empezó a moverse. No era consciente de cómo había llegado al aeropuerto.

Su hermano estaba muerto.

La noticia era terrible. Indescriptible.

Un accidente de helicóptero. Ava no podía ni pensar. Su hermano era el pedestal de la familia. El futuro heredero. Era cinco años menor que ella y siempre había contado con él. No podía haberse ido. Solo tenía veinticuatro años. Se estremeció y le pusieron una manta sobre los hombros.

–¿Necesitas algo más? –preguntó Wolfe, poniendo un vaso de agua en la mesita auxiliar.

–Estoy bien –dijo ella.

–No dejas de decirlo –Wolfe la dejó estar.

Ava, agradecida, lo observó volver a su asiento. Cuando lo había visto en el vestíbulo le había dado un vuelco el corazón. Había tenido que recordarse que no tenía sentido verlo de nuevo, ¡y menos aún acostarse con él!

Cuando llegaran a Anders probablemente no volvería a verlo, y esa idea hizo que se sintiera abandonada. Igual que cuando tenía catorce años y su padre había hecho un viaje de estado aunque ella estaba hospitalizada por la varicela. Había estado pendiente de ella desde lejos, pero la muerte de su madre era aún muy reciente y se había sentido impotente y sola.

Sentía algo parecido en ese momento, pero su padre esperaría de ella que fuera fuerte. Los recuerdos de infancia afloraron a su mente. Recuerdos de Frédéric de niño. De su madre.

Su madre había muerto de cáncer y el padre de Ava se había refugiado en el trabajo, incapaz de conectar con ella, aunque sí con Frédéric. Ava, resentida por la diferencia de trato, se había empeñado en demostrarle que sus opiniones sobre las mujeres eran arcaicas e insultantes.

Pero hiciera lo que hiciera, nada era lo bastante bueno para él. Ava había visto la tristeza de su madre cuando su padre elegía el deber por encima de la familia. Ella quería algo muy distinto para sí.

La muerte de Frédéric la convertía en la heredera del trono. Sabía que eso no agradaría a su padre; ella sentía náuseas solo con pensarlo.

Cuando iniciaron el aterrizaje, Ava se obligó a dejar atrás sus miedos y adoptar una pose de fría indiferencia. Vio a la guardia real esperándola abajo y estuvo a punto de pedirle a Wolfe que encendiera el motor y la sacara de allí.

Deseó lanzarse en sus brazos y pedirle consuelo. Pero sería una muestra de debilidad y Wolfe no era el hombre adecuado en quien apoyarse. Estaba acostumbrado a estar al mando y no iba a permitir que lo hiciera ante su padre.

Tras una noche maravillosa y dormirse en sus brazos, se había despertado sin él. Sería un error confiar en James Wolfe siquiera un momento.

–Gracias por traerme en tu avión, puedo apañarme a partir de ahora.

–Te dije que te llevaría a casa y lo haré –sus ojos caramelo destellaron con determinación.

–Estoy en casa.

–Ava...

–Wolfe. Estoy bien. En serio.

–No lo creo. Pareces a punto de desmoronarte.

Ella pensó que tendría que solucionar eso en el trayecto hasta el palacio. Cuadró los hombros.

–No. Ya te dije que no soy sensible.

–El asunto no está abierto a discusión –Wolfe agitó la mano en el aire, para silenciarla.

El gesto y sus palabras le recordaron a su padre. Por eso no podía estar con Wolfe. Por eso y porque si lo permitía, Wolfe le haría mucho más daño que Colyn.

–No. No lo está –afirmó ella, endureciéndose contra él y contra lo mucho que lo deseaba.

Ambos se quedaron inmóviles, mirándose como dos pistoleros antes de tirar a matar.

Wolfe apretó los labios y, antes de darse la vuelta, la miró con frustración.

–Sin duda, eres la mujer más testaruda e irritante que he conocido en mi vida –su voz, aunque agresiva, sonó suave como la seda.

Ella pensó que era el hombre más bello y poderosamente peligroso que había conocido. Temió que soñaría con él el resto de su vida.

Capítulo 5

HA DICHO Matthieu para qué quería verme mi padre, Lucy?

–No, señora –Lucy, su nueva doncella, regresó del vestidor con dos chaquetas para que eligiera.

Ava negó con la cabeza y se sintió fatal al ver la expresión dolorida de Lucy. Llevaba dos semanas en casa y no se acostumbraba a que la sirvieran a todas horas. Se miró en el espejo y retocó un poco su cola de caballo. Hacía días que no se arreglaba, pero su padre requería su presencia y tenía que verla perfecta.

–¿No le gusta lo que he elegido, señorita?

–Me encanta –ofreció a Lucy una sonrisa–. Pero hace calor. ¿Por qué no te tomas la tarde libre? Ve a ver a tu novio.

La joven inclinó la cabeza y Ava dejó escapar un suspiro. Odiaba estar en casa.

Odiaba las frías paredes de piedra del palacio que le parecía una prisión. Apenas había visto a su padre desde su llegada, lo que no era malo, pero había tenido demasiado tiempo para pensar.

El sol de verano que entraba por la larga fila de ventanas góticas hacía que se sintiera mal. El cielo tendría que estar gris, no azul.

Su hermano había muerto. Los deberes reales que siempre había evitado habían recaído en ella y no había

escapatoria. Como había dicho su padre, la gente necesitaba esperanza en tiempos tan oscuros. Querían que
ella los sacara de la tristeza que había causado la muerte
de su hermano. Además, su padre le había comunicado
que estaba enfermo. Algún día, antes de lo que había
esperado, sería reina, un pensamiento abrumador.

Ava no sabía nada de dirigir un país. Montones de
gente dependiendo de ella. Que no supiera nada se debía en gran medida al chauvinismo de su padre, que
veía a las mujeres como trofeos, no como líderes. Sin
embargo, tenía que confiar en ella para preservar el futuro de Anders como entidad económicamente viable.

También estaba el problema de su galería. Estaba cerrada durante el mes de agosto, pero no había decidido
qué hacer con ella. En el fondo, sabía que tendría que
cerrarla. Era devastador ver que la vida que había creado
para sí se esfumaba. Como si París ya no tuviera importancia.

Controlando la respiración, forzó una sonrisa y entró
en la antesala del despacho de su padre.

–La espera, Alteza –dijo el secretario.

–Gracias, Matthieu.

Intentó relajar el rostro mientras Matthieu abría la
puerta del despacho. Su padre estaba tras el enorme escritorio de palisandro. Se veía más pálido y serio de lo
normal.

–¿Querías verme? –preguntó Ava intentando que su
voz no denotara preocupación.

–Sí, Ava. Siéntate.

–Empiezo a preocuparme –Ava se sentó frente a él–.
¿Has recibido malas noticias del médico?

–No. He recibido noticias inquietantes del experto
en seguridad que te trajo desde Francia.

Wolfe.

El corazón de Ava dio un brinco. Durante dos semanas había llenado su pensamiento antes de dormir y al despertarse.

Ava suspiró. Tenía que dejar de recordar las horas que habían pasado en la cama. Wolfe probablemente ni recordaba su nombre.

Ella en cambio, podía conjurar su imagen e incluso su aroma selvático y masculino. Tanto que él podría haber estado allí mismo.

—¿Qué tiene que ver Wolfe con nosotros?

Intentó sonar indiferente pero, de repente, temió que su padre supiera que se había acostado con él. Si la prensa rosa publicaba algo así, la salud de su padre tal vez no lo resistiera.

—Tengo que ver con muchas cosas, Alteza.

La voz grave y familiar llenó su cabeza. Tuvo que girar en el asiento para verlo de pie, al otro la de la habitación, cerca de las ventanas.

—Pero en este caso se trata de su seguridad.

Ella admiró los pantalones negros y la camisa blanca de vestir. Se había cortado el pelo y eso resaltaba su perfecta estructura ósea. La mirada caramelo recorrió su rostro, deteniéndose en sus labios un instante. Ava sintió que la abrasaba.

—¿Qué pasa con mi seguridad?

—*Monsieur* Wolfe tiene noticias sobre tu accidente de coche en el castillo de Gilles.

Ava captó el tono de censura de su padre, y adivinó que estaba enfadado porque no le había contado lo del accidente ella misma.

Wolfe fue hacia ella con paso increíblemente grácil para un hombre de su tamaño. Dominaba la habitación.

A ella se le desbocó el corazón. Tuvo que hacer uso de años de práctica para no revelar lo que sentía estando con su amante de una noche y su padre en la misma habitación.

—Ayer hablé con el mecánico que reparó su coche —la informó él con cierta fiereza.

—¿Por qué ibas a hacer eso?

—Una corazonada. No tuvo el accidente por falta de concentración. Se estrelló porque habían echado una ampolla de permanganato de potasio y glicerina en el cilindro del freno.

—¿Hay una versión simplificada de eso? —Ava arrugó la frente.

—Manipularon los frenos.

—Tal vez estuvieran desgastados.

—Sí, gracias a un compuesto químico que, cuando se calentó lo bastante, inutilizó los frenos.

—¿Crees que mi coche fue saboteado? —a Ava le costaba digerir lo que oía. Era una idea ridícula. Anders había tenido conflictos con Triole, un país vecino, pero hacía años de eso. De hecho, su hermano iba a casarse con la princesa de Triole.

—No solo eso —interpuso su padre—. Ahora sabemos que lo de Frédéric no fue accidental.

—¿Qué? —Ava miró a su padre—. Yo... ¿Cómo puede ser eso posible?

—Alteraron una sección del rotor de modo que el piloto no pudiera detectarlo —explicó Wolfe.

—¿Sugieres que Freddie fue asesinado?

—No lo sugiero. Lo afirmo. Y quienquiera que lo hiciese, fue a por usted también.

—Eso es absurdo —Ava presionó una mano contra el estómago—. ¿Quién haría algo así?

–Enemigos. Locos. Acosadores. ¿Quiere que siga? –la voz de Wolfe sonó dura y seria.

–*Monsieur* Wolfe ha aceptado amablemente hacerse cargo de la investigación.

–Wolfe –corrigió él.

Ava lo miró atónita. Había corregido a su padre. Nadie hacía eso. La sorprendió ver a su padre asentir. «¡Hombres!», pensó.

–¿En serio? ¿Te has ofrecido voluntario? –Ava no ocultó su incredulidad–. ¿Por qué?

–¡Ava! –la recriminó su padre–. Wolfe no se ha ofrecido. Lo he contratado.

«Claro», pensó ella. «¿Por qué iba un experto en aventuras superficiales y breves ofrecerse a ayudar a una mujer con la que ha acabado?»

La irritó recordar cuántas veces había mirado el móvil por si tenía una llamada perdida de él. Podría haberlo llamado ella, pero su orgullo se lo había impedido. Habría demostrado que seguía pensando en la noche que él ya había olvidado.

–¿Por qué, señor? –Ava le dio la espalda a Wolfe para bloquear la atracción sexual que sentía por él–. ¿Por qué no usar a la policía local?

–Es cuestión de confianza, Alteza –dijo Wolfe.

–¿Ahora no confiamos en nuestra propia policía? –la formalidad de él la molestaba sobremanera–. Somos una nación pacífica, *monsieur* Wolfe. No hay altercados políticos.

–Cierto. Pero en esta situación no se sabe quién quiere hacerle daño. Yo no se lo haré.

Sonó seguro y confiado. Ella deseó sentir su seguridad. Tras pasar dos semanas soñando con él le resultaba imposible. Él bajó las pestañas, velando su mirada.

–No sé si creer esto –miró a su padre–. Podría ser una coincidencia.

–La utilización de compuestos químicos mitiga esa posibilidad, Alteza –dijo Wolfe.

–Confío en el buen juicio de Wolfe, Ava.

–Bien –agitó la mano con indiferencia–. ¿Es eso todo, señor? –necesitaba salir de allí. Volver al santuario de sus aposentos.

La acerada indiferencia de Wolfe era como agitar un trapo rojo ante un toro enfurecido. Por un lado, se alegraba de que la tratara como a una desconocida, pero no podía dejar de recordar su cuerpo unido al de ella, esas manos en su piel.

Frédéric había sido asesinado. Alguien podía intentar hacerle lo mismo a ella.

–No, no es todo –dijo su padre–. También quiero a Wolfe como tu guardaespaldas personal.

–Creo que no he oído bien, señor –Ava se quedó sin respiración.

Wolfe lo miró atónito. ¿Guardaespaldas personal de Ava? El rey le había pedido que organizara su seguridad, no que se hiciera cargo en persona. No tenía tiempo para ese trabajo además de sus responsabilidades empresariales. Y proteger a una mujer que ya ocupaba demasiado espacio en su mente era mala idea.

–Sé que no te gusta tener guardaespaldas, Ava –dijo el rey–. Pero las cosas han cambiado. Ahora eres la princesa heredera y necesitas protección a todas horas. Es muy importante.

–Tenemos nuestro propio equipo de seguridad.

–Creo que contratar a alguien del exterior es lo mejor hasta que se resuelva esta situación –su padre suspiró, como si esperara una batalla–. Wolfe viene muy recomendado como amigo personal de Gilles.

–No estoy de acuerdo –aseveró ella, firme.

Wolfe sintió un cosquilleo en la nuca y resistió al impulso de rascarse. Había intentado convencerse de que las noches en vela pensando en Ava se debían a su corazonada respecto al accidente. Había supuesto que cuando investigara e informara al rey volvería a su rutina normal.

Pero el impacto de volver a Ava le decía que no era así. No era el accidente lo que lo había desvelado durante dos semanas. Era ella. Se preguntó si había revivido la noche tanto como él y si le gustaría retomar el asunto.

Se burló de sí mismo. Por como lo miraba, ella habría preferido atravesarlo con una espada.

–Es obvio que Wolfe está muy ocupado, señor. Seguro que hay otra persona igual de capaz.

Wolfe pensó que era cierto que estaba ocupado, pero no podía confiarle a nadie la vida de ella. Admitiendo que no tenía opción, hizo un gesto afirmativo al rey, aceptando la tarea.

–¡No!

–Ava, esto no está abierto a discusión –el rey la miró con irritación–. Mi palabra es la ley. Ya es hora de que entiendas tu responsabilidad, tu deber, hacia el país. Y la cumplirás.

Wolfe se preguntó si ella rechazaba la tarea. No le habría extrañado. Estaba junto a la ventana, con los brazos cruzados, y el sol tornaba su cabello de un brillante castaño oscuro. Wolfe percibía su furia, su frustración, en su postura.

–Necesitaré tener control absoluto –le dijo al rey, centrándose en su profesionalidad y no en lo que sentía al verla–. Acceso a todo. A cada rincón y entrada secreta al castillo. A la agenda de Ava y a su itinerario. Mi chef se encargará de sus comidas, y quiero tener la última palabra sobre todo lo que haga y la gente a la que vea.

–Pides mucho.

–Así es –Wolfe sabía que el rey estaba diciendo: «Es mi hija, no te excedas».

–¿Tal vez *monsieur* Wolfe también quiera quedarse con mi primogénito? –dijo Ava con insolencia, golpeando el suelo con el pie.

El rey dio su consentimiento a Wolfe antes de dirigirse a su rebelde hija.

–He organizado un baile en honor de tu hermano el fin de semana que viene, necesitarás seguridad para eso.

–Es demasiado pronto –musitó Ava, abrazándose. A Wolfe se le encogió el corazón.

–No lo es. Y el baile, además de honrar la vida de tu hermano, es para buscarte esposo.

«¿Esposo?»

Los ojos de Wolfe se clavaron en el rostro de Ava, que se había vuelto ceniciento. Él mismo se sentía como si hubiera recibido un golpe físico.

–Puedo encontrar a mi propio esposo, señor.

–No, ahora que eres la princesa heredera–sentenció el rey–. Las cosas han cambiado, Ava. Has tenido tiempo de sobra para encontrar pareja; Anders necesita una celebración y un heredero.

La tensión del ambiente era insoportable. Wolfe pensó en su isla paradisíaca, que había querido visitar la semana siguiente. En el agua azul. En las hamacas junto a la piscina.

–¿Hará falta mi asistencia, señor? –Ava alzó la nariz–. Odiaría interferir con los planes reales.

–Cuidado, Ava –los ojos del rey se endurecieron–. Tienes un deber que cumplir.

–¿Acaso es culpa mía no estar preparada para cumplir ese deber? –replicó ella.

Wolfe captó una sutil vulnerabilidad en sus palabras que despertó su instinto protector, amenazando con interferir en su empeño de mantenerse impasible en todo momento. Era un aspecto de su naturaleza que nunca había estado en peligro antes. Decidió centrarse en lo que oía y veía. En los hechos.

–Elegiste pasearte por París durante ocho años –aseveró el rey, con el rostro enrojecido.

–Porque aquí no tenía ninguna oportunidad –le devolvió Ava con tono gélido.

–No discutiré contigo, Ava. Necesitas un esposo. Alguien que entienda el negocio y pueda apoyarte cuando lo necesites –levantó su vaso de agua y Wolfe notó que le temblaba la mano–. Wolfe, ¿puedes acompañar a mi hija a sus aposentos? Seguro que querrás descubrir cuanto antes la mejor manera de cumplir tus tareas.

Wolfe solo estaba seguro de que su necesidad de Ava era mayor que nunca y de que convertirse en su guardaespaldas personal era una locura.

–«Necesitaré tener control absoluto. Acceso a todo» –se burló Ava, ácida, en cuanto llegaron a su sala de estar privada–. ¿Estás de broma?

Wolfe no pudo evitar recorrer sus curvas con la mirada cuando ella se detuvo en el centro de la habitación, vibrante de tensión.

Le pareció que había perdido peso. Tenía las mejillas sonrojadas y sus ojeras indicaban que había dormido tan poco como él. Aun así, estaba magnífica. Deseó tomarla entre sus brazos y besarla con pasión, pero
se contuvo.

—Es por tu propio bien.

—Según algunos, también lo es el aceite de ballena,
pero no me verás disparando un arpón.

Wolfe suspiró, comprendiendo que la reunión iba a
ser aún más difícil de lo que había pensado.

—Ava, esto no tiene por qué ser incómodo.

—No confundas mi furia con incomodidad, Wolfe
—se alejó de él—. No puedo creer que hayas aceptado
este trabajo —lo miró a los ojos—. Si querías volver a
verme podrías haberme llamado —lo retó con sus bri-
llantes ojos azul marino.

—Que aceptara el trabajo no tiene nada que ver con que
quisiera o no volver a verte. Y creo recordar que fuiste tú
quien canceló la cena.

—No veía sentido a salir contigo cuando fue una invitación surgida del remordimiento.

Wolfe analizó su respuesta. Se preguntó si esa era la
razón de que hubiera cancelado la cita.

—No fue por remordimiento.

—¿No? —ella arqueó una ceja—. Entonces, ¿por qué te
fuiste antes del amanecer?

Wolfe apretó los labios al captar su tono de aburrimiento. Era el mismo que había utilizado con su padre
unos minutos antes.

—Me fui porque tenía que dar instrucciones a dos de
mis hombres antes de que salieran a hacer otro trabajo
—no le dijo que también había querido sorprenderla sus-
tituyendo su móvil roto con uno de los suyos.

Ella lo miró un instante, como si no hubiera considerado esa posibilidad. En realidad, Wolfe entendía que la hubiera disgustado despertarse sola tras la noche de pasión compartida. De hecho, esa era otra de las razones por las que Wolfe se había ido. Se había despertado sintiéndose tan bien que su instinto lo había llevado a distanciarse. Era su actitud habitual y no la había cuestionado. Pero, si miraba la situación desde el punto de vista de ella, su reacción aquella mañana tenía mucho más sentido.

–Lo siento si te herí –murmuró, sincero.

–¿Herirme? Tú no me heriste, Wolfe –Ava alzó la barbilla–. Me hiciste un favor, no tenía tiempo para cenar contigo –encogió los hombros–. En cualquier caso, ya es demasiado tarde.

«¿Lo es? Sí, claro que sí», pensó Wolfe.

–Tienes razón –para empezar, era su guardaespaldas y ella su cliente. Además, la deseaba demasiado para sentirse cómodo–. Ese barco partió definitivamente –Wolfe paseó por la alfombra, agitado por la situación en la que se había metido si pretenderlo–. ¡Y tu padre quiere que te cases! –eso sin duda la alejaría de su órbita.

–¡Algo que tú nunca harás! –la afirmación de Ava pareció casi una pregunta.

–Algo que nunca haré –corroboró él. Había pasado su vida adulta evitando el matrimonio, sin sentir la necesidad de reconsiderar su opinión.

Ava asintió, como si fuera la respuesta previsible. Wolfe apretó los dientes. Su atracción física por esa mujer iba a convertir su trabajo en una tortura. Nunca antes se había sentido tan a merced de sus emociones, odiaba la sensación de no tener tanto control como deseaba.

Ava empezó a pasear ante las altas ventanas, como si tuviera un exceso de energía.

–¿Eres consciente de que si mi padre supiera lo que ocurrió entre nosotros no permitiría que te encargaras de mi protección?

–Dime, ¿vas a decírselo tú o se lo digo yo? –preguntó él, irritado consigo mismo y con la testarudez de ella –. ¿Puedes sentarte de una vez?

–¿Otra orden? Voy a dejarte algo claro, *monsieur* Wolfe –apoyó las manos en sus sensuales caderas–. Si crees que voy a hacer todo lo que me digas, lo tienes difícil.

Wolfe pensó de nuevo en aquella noche. Soltó el aire lentamente.

–Lo creas o no, intento ayudarte.

–Sí, claro. Mi protector personal.

Él se cruzó de brazos a esperar a que se le pasara la ira. No iba a discutir más con ella.

–Dime, ¿yo también podré darte órdenes a ti? –preguntó ella, empeñada en irritarlo.

–Trabajo para tu padre.

–Sois como dos gotas de agua. Muy familiar –ella apretó sus sensuales labios.

–Toda esa energía que estás quemando te agotará innecesariamente –ofreció él, amable.

–Tendrías que alegrarte de que la use andando de un lado a otro –le soltó ella.

El cuerpo de Wolfe se incendió al oír eso. «Tranquilo, amigo. No se refiere a esa otra alternativa», pensó él. Seguramente eso ya no sería posible a partir de ese día. No podría serlo.

–Tómate tu tiempo –se sentó al borde de un mullido

sofá, sorprendentemente moderno en una habitación que tenía siglos de antigüedad–. Tengo toda la noche.

–Pues yo no –cruzó los brazos bajo el pecho y sus senos se elevaron por encima del escote de su camisa–. Así que me gustaría que te marcharas.

–Antes necesito hacerte algunas preguntas.

–Estás yendo demasiado lejos.

–Tal vez deberíamos aclarar las cosas respecto a la noche de la boda de Gilles.

–¿Te refieres a nuestra sesión de sexo?

Su tono frío e indiferente lo llevó a preguntarse de nuevo con cuántos hombres había pasado la noche. Y eso incrementó su malhumor. Se preguntó si era como su madre, una mujer que aplacaba su lujuria con el primer hombre que tenía a mano. La mera idea lo ponía enfermo.

–Sí –contestó.

–¿Qué hay que aclarar? –ella alzó las cejas y se apoyó en la repisa de una ventana–. ¿Has olvidado cómo se hace?

–Ava...

–Tranquilo, Wolfe. No voy a quitarme la ropa y pedir una repetición. A no ser que eso sea lo que quieres. ¿Por eso has aceptado el trabajo? –su voz se convirtió en un seductor ronroneo–. ¿Vas a ordenarme que me desnude, *monsieur* Wolfe?

–No me acuesto con mis clientes –afirmó él con dureza, ignorando lo que le pedía el cuerpo–. Dime, princesa, ¿qué es lo que más odias de que sea tu guardaespaldas, si no es lo que ocurrió entre nosotros?

–¿Tienes un año para escuchar?

–¿Por qué no empezamos desde cero? –Wolfe optó por hacerle una oferta de paz.

–¿Actuar como si no nos conociéramos? –preguntó ella, dubitativa.

–Si crees que eso puede funcionar para ti.

–Siempre que no me des órdenes, puedo hacerlo –Ava encogió los hombros. Wolfe pensó que él, en cambio, no estaba seguro de poder.

–Bien. Siéntate –señaló el sofá que tenía enfrente–. Necesito hacerte algunas preguntas para mi investigación.

Al ver que no se movía, frunció el ceño.

–¿Ava?

–Puedes llamarme señora. Y, si no me equivoco, acabas de darme otra orden.

–Y tú a mí –rechinó él.

–Tú no has dicho que no pudiera dártelas.

–Ava... Maldita sea, si no cooperas no podré hacer mi trabajo –recordó la última vez que le había dicho que ya sabía cómo hacerla cooperar y tragó saliva. Con fuerza.

–Pues dimite.

–No.

–¿Por qué no?

–Le he dado mi palabra a tu padre y no hay nadie más a quien quiera confiar tu seguridad.

–¿Qué te importa mi seguridad? Somos un par de desconocidos.

Wolfe tragó aire. La mujer agotaría la paciencia de un santo. Recordándose que debía mantener el control, se recostó en el sofá. El gato que había en una esquina, se estiró, lo olisqueó y se acomodó en su regazo.

–Hola, amigo –lo acarició–. Se diría que has visto días mejores.

–Era de mi madre –su boca se curvó hacia abajo, indicando que aún la afectaba la pérdida.

–Retiro lo dicho –le dijo Wolfe al gato, que se restregó contra su mano–. Estás muy bien para un tipo de tu edad –cuando alzó la vista, vio que Ava lo observaba. Ella se sonrojó y él se preguntó qué había estado pensando.

–Creo que te odio –dijo ella.

–No soy tu enemigo, Ava –dijo él, consciente de que el sentimiento no era mutuo.

Las palabras «pero alguien lo es», quedaron flotando en el aire, sin decir. Ella dejó caer los hombros, como si cargara con el peso del mundo.

–¿No puede contestar las preguntas mi padre?

–Eso depende de si sabe algo de tu vida amorosa. Por lo que he visto antes, no parece que estéis muy unidos.

–¿Por qué quieres datos de mi vida amorosa? –ella estrechó los ojos con suspicacia.

–Se investigará a toda la gente que te rodea.

–¿Incluso a ti?

–Yo tengo coartada para la noche en que asesinaron a Frédéric.

–¿En serio? –ella se sentó por fin, y cruzó las piernas–. ¿Cuál es?

–Y no tengo ningún motivo para matarte –Wolfe la miró con ironía. «Aún», pensó.

–¿Estoy irritándote? –Ava sonrió, percibiendo su frustración.

–No te conviene irritarme, princesa.

–No, me conviene que renuncies.

–Supéralo ya.

–¿Piensas investigar a mis artistas? –de repente, la mirada de ella se volvió seria.

–Claro que sí.

–Sé amable. Algunos son muy sensibles.

–¿A diferencia de ti?

–A diferencia de mí.

Él no la creyó. Que se preocupara por sus artistas le decía más que nada. También había visto su mirada de preocupación cuando entró al despacho del rey. Tenía corazón, simplemente lo guardaba bien. Eso lo entendía. Él había metido el suyo en una caja hacía muchos años, y quería que siguiera allí. Tenía que mantener la cabeza clara.

–¿Quién fue tu último amante?

Ella le lanzó una mirada.

–Antes de eso –rezongó Wolfe.

–¿Quieres una lista?

–Sí –replicó él, que no la quería en absoluto.

–Un americano encantador me libró de mi virginidad a los dieciocho años, porque le pareció divertido acostarse con una princesa europea. Después conocí a un novelista que quería escribir una gran novela parisina. Íbamos en serio, sin que mi padre lo supiera, pero hace tres años comprendí que no queríamos lo mismo y rompimos.

Wolfe comprendió que ambos hombres la habían herido, y deseó matarlos.

–¿Lo amabas? –era una pregunta irrelevante, pero esperó que ella no se diera cuenta.

–¿Qué relevancia tiene eso?

–Si vas a cuestionarme cada dos por tres, esto no funcionará –dijo él, maldiciendo para sí.

–Ya sabía que no funcionaría.

–Ava.

–Pensé que sí. Ahora... Ya no estoy segura.

Él deseó preguntar qué había ocurrido para hacerla dudar, pero prefirió no hacerlo.

–¿Y desde entonces?

Ella le dirigió una mirada que hizo que a él se le formara un nudo en el estómago.

–Aparte del equipo de fútbol de Anders al completo... –lo miró a los ojos–. Eres el último afortunado, *monsieur* Wolfe.

Wolfe tragó un litro de aire ante su admisión, ignorando la pulla sobre el equipo de fútbol. Había querido pensar que era tan sofisticada como él en el arte de la seducción. Así había sido más fácil dejarla marchar tras esa noche. Más fácil creer que entre ellos solo había química sexual.

–Necesitaré ver tu itinerario de los siguientes días –dijo él, poniéndose en pie.

–Le pediré a Lucy que te lo envíe por la mañana –dijo ella, sin alzar la mirada.

Wolfe fue hacia la ventana. Por increíble que fuera, le hacía feliz que nunca se hubiera acostado con Gilles. Diablos. Si quería protegerla tenía que dejar de pensar en ella como una mujer deseable. Y, sobre todo, tenía que dejar de pensar que iba a casarse con el estúpido que su padre eligiera.

Capítulo 6

AVA no sabía cómo iba a encontrar marido si comparaba a todos los hombres con Wolfe. No estaba dispuesta a aceptar un matrimonio de conveniencia solo para complacer a su padre. Era algo demasiado importante.

Por suerte, estaba teniendo un respiro gracias a su primo Baden.

—Menuda velada te ha organizado tu padre.

—Sí —aceptó Ava, mirando la sala de baile llena hasta arriba de invitados luciendo sus mejores galas. Aunque odiaba estar allí, no podía por menos que admirar el oportunismo de su padre.

Era un hombre que no cejaba hasta conseguir sus propósitos. Y la quería casada. Cuanto antes. Su vena romántica le decía que podría conocer a alguien esa noche y enamorarse a primera vista. Eso les había ocurrido a Anne y a Gilles. Pero... Miró a Wolfe, que estaba al fondo de la sala.

Allí estaba su problema.

Se suponía que tenía que parecer uno de los invitados. Pero parecía un hombre capaz de matar con las manos sin arrugarse el esmoquin. Quizás fuera porque ella sabía quién era. Tal vez el resto de las mujeres que lo observaban lo veían como un macho sexy que sería fantástico en la cama. Algo que ella también sabía a ciencia cierta.

Sus ojos se encontraron y Ava sintió el impacto de su mirada desde el otro lado de la sala. Instantáneo y abrasador. Percibía que él también lo sentía, pero tenía mucho más control que ella. O tal vez no sentía una atracción tan fuerte como la suya. Dado que estaba allí a sueldo, la segunda opción era más plausible.

–¿Quién es él?

–¿Quién? –Ava agarró la mano de Baden y lo hizo girar para que le diera la espalda a Wolfe.

–El vaquero que está apoyado en la pared y no te ha quitado los ojos de encima en toda la noche.

–No veo a nadie especial –Ava miró por encima del hombro de Baden como si buscara–. Pero mi padre ha invitado a todos los solteros del planeta. ¿Estás disfrutando de la velada?

–Ha pasado poco tiempo desde la muerte de Freddie, pero... –Baden se rio–. Estás intentando cambiar de tema, prima. Aquí hay una historia que quieres ocultarme. Habla –le hizo cosquillas como cuando eran niños–. Díselo al primo Baden.

–Calla, Baden. Este no es lugar –rezongó Ava–. Estás dejándote llevar por tu imaginación.

–Él no me gusta.

–A mí tampoco –gruñó ella, sabiendo que lo que sentía por James Wolfe era algo muy distinto.

Deseó que no fuera tan arrogante, tan seguro de sí mismo, tan viril. Ava suspiró. En realidad le encantaban esas características. Colyn nunca se había dejado llevar por la pasión hasta el punto de llevársela de una pista de baile y besarla hasta quitarle el sentido, como había hecho Wolfe.

–Te has acostado con él, ¿verdad? –dijo Baden–. Lo veo en tus ojos.

–Por favor, Baden... –no iba a confiarle nada al charlatán de su primo–. Baja la voz.

–¿No quieres que tu padre se entere?

Ava intentó encontrar una razón plausible para justificar que Baden fuera a ver a Wolfe por palacio, sin decir la verdad

–Creo que ha solicitado un puesto de trabajo en palacio.

–Te has acostado con un empleado. Chica mala –Baden se rio–. Pero entiendo la atracción. ¡Menudo montón de músculos!

–¿Podrías bajar la voz, por favor? –pidió Ava.

–¿Qué puesto ha solicitado?

–Ni lo sé, ni me importa. Pregúntaselo a papá –Ava sabía que no lo haría, no se llevaban bien.

–¿Cómo lo lleva el viejo tirano?

–Con él nunca se sabe –dijo Ava, aliviada por el cambio de tema–. Pero creo que está en etapa de negación. Por eso la fiesta de esta noche.

–¿Y tú? ¿Cómo te sientes respecto a ser la primera reina de Anders?

Baden sabía que su vida en palacio nunca había sido fácil. Era algo que los había unido desde que él, a los cinco años, había perdido a su padre, gemelo del de ella. Luego su madre lo había abandonado, llevándose a su hermanita con ella, y no había vuelto a verlas.

–Yo también estoy en fase de negación –encogió los hombros, no quería pensar en el futuro–. ¿Me disculpas? Necesito ir al tocador.

Ava, con la cabeza baja, se alejó entre los invitados, buscando un sitio tranquilo.

–Te dije que no salieras afuera –dijo Wolfe a su espalda.

Ava alzó la vista y se dio cuenta de que, absorta, había cruzado las puertas de cristal y salido a la rosaleda de su madre. Una gran luna dorada colgaba en el horizonte como un globo.

–Necesitaba algo de aire.

–¿Y eso te extraña?

–¿Qué quieres decir? –se volvió hacia él.

–Que me sorprende que sigas en pie después de todo lo que has bailado. Buscar esposo parece un trabajo bastante difícil.

Ava lo miró fijamente. Esa noche no estaba de humor para la versión cavernícola de Wolfe.

–¿Por qué sigues aquí? Ya ha pasado una semana y no has descubierto nada.

Una semana que había pasado encerrada en su habitación, enfurruñada. Por un lado, no estaba lista para asumir los deberes que quería imponerle su padre, y por otro había tenido la esperanza de que Wolfe se aburriera y dimitiese.

–La invitación que hice en internet para que los asesinos se presentaran no ha funcionado. Quizás esté perdiendo mi toque mágico.

–Quizás nunca lo tuviste –en cuanto lo dijo, lamentó su tono provocador, porque los ojos dorados chispearon divertidos.

–Eres muy desagradable, princesa. Por suerte, mi ego es lo bastante fuerte para aguantarlo.

–Tu ego es como una cucaracha –rezongó ella–. Soportaría un holocausto nuclear.

A Ava la sorprendió tanto que Wolfe echara la cabeza hacia atrás y soltara una carcajada, que esbozó una sonrisa. Le encantaba su risa grave.

–Calla –le dijo–. La gente nos está mirando –sin esperarlo, siguió bajando los escalones de piedra que llevaban al fragrante jardín.

–¿Algún pretendiente que necesites que vete? –la voz de Wolfe sonó demasiado cerca y Ava se dio la vuelta para mirarlo.

Tardó un minuto en entender qué quería decir.

–¿Tú vas a vetar a mi futuro esposo? –gimió.

–Es parte del trabajo.

–Pues es una parte inútil –le respondió con voz seca–. Que mi padre diga que algo debe suceder no implica que vaya a ser así.

–¿Estás en contra del matrimonio? –enarcó una ceja con sorpresa.

–Estoy en contra del matrimonio sin amor.

–Ah, una romántica. No esperaba eso de ti.

–Eso es porque no me conoces bien.

Él le lanzó una mirada que indicaba que conocía ciertas partes de ella muy bien, y que las recordaba con toda claridad.

–Y no hace falta ser romántico para querer enamorarse –añadió Ava, sonrojada.

–No, solo estar engañándose.

El sentimiento que puso en su respuesta la hizo titubear. Todo el mundo tenía un pasado que incidía en sus acciones y decisiones. De repente, anheló saber cuál era el de Wolfe.

–¿Tienes miedo a la intimidad o es que te gusta demasiado la variedad para asentarte?

–Como no tengo miedo de nada y me muevo continuamente, votaría por la segunda opción.

Ava estudió su expresión reflexiva y supo que tenía miedo de una cosa al menos: de revelar información personal sobre sí mismo.

–Elegir ese estilo de vida podría indicar que huyes de algo –observó su rostro, impasible, y se le ocurrió otra idea–. ¿O acaso buscas algo que añada significado a tu vida?

Un leve estrechamiento de ojos fue el único indicio de que podía haber acertado.

–¿Por qué complicar las cosas sin necesidad, princesa? Siempre es mejor dejar que rija la cabeza, no el corazón.

Su tono irónico y el que hubiera usado la palabra «princesa» dejaron claro que no serviría de nada presionarlo. Era un hombre que hacía lo que quería, dijeran lo que dijeran los demás.

–Tendrías que tomar café con mi padre –le dijo con indiferencia–. Os llevaríais bien.

Él escrutó su rostro y ella supo que había captado la amargura que surgía siempre que mencionaba a su padre.

–¿Qué ocurre entre tú y tu padre?

–La verdad es que nunca nos hemos entendido. Está muy asentado en sus ideas. Es muy práctico y lógico. Nunca le parecí la hija perfecta.

–¿Por qué no?

Ava vio que sentía curiosidad e hizo una pausa. Nunca hablaba de su relación con su padre. Pero una parte de ella quería que Wolfe la entendiera. Había visto su expresión cuando le había revelado los pocos amantes que había tenido en sus veintinueve años de vida, como si hubiera esperado que fueran cientos. Odiaba que le importase su opinión de ella, pero le importaba.

–Fui un chicazo cuando crecía. Demasiado impetuosa. Me gustaba montar a caballo a pelo y subir a los árboles, pero él quería que me pusiera vestidos bonitos y hablara solo si me hablaban. Me gustaba la ropa bonita, pero...

–¿No lo de no hablar si no te hablaban? –apuntó Wolfe con una sonrisa.

–Eso no tanto –el dolor del pasado le impidió devolverle la sonrisa–. Cuando mi madre falleció, fue peor aún. Envió a mi hermano a una academia militar para adiestrarlo en sus tareas como heredero; yo recibí clases en casa, porque mi tarea era estar guapa, no salir a trabajar. Nada de lo que hacía era lo bastante bueno para él. ¿Sabes que nunca ha visitado mi galería de París? –calló de repente, al comprender cuánto le había revelado. Al paso que iba acabaría diciéndole que temía no encontrar el amor y contándole todos sus temores.

–¿Eso hace que te sientas como si siguieras siendo una decepción para él hoy en día?

–No –a Ava se le encogió el estómago–. No necesito sus halagos. Pero me molesta que quiera que todo se haga a su manera –se inclinó para oler una de las preciadas rosas de su madre–. ¿Por qué crees que quiere que me case?

–Para afianzar la continuidad de la monarquía.

–Para asegurarse de que haya alguien a mi lado capaz de hacer el trabajo, diría yo.

–¿Crees que no te considera capacitada? –Wolfe alzó las cejas con sorpresa.

–Soy una mujer. Eso, desde el punto de vista de mi padre, lo dice todo.

–¿Lo crees tú? –preguntó Wolfe.

–¿Qué? –Ava se detuvo y lo miró.

–¿Crees que estás capacitada?

–Sí –dijo ella con tono defensivo. Tenía una licenciatura en Arte y un máster en Administración de Empresas–. Dirijo una galería de éxito –aunque no supiera nada sobre cómo gobernar un país, eso tenía que contar para algo.

–Un negocio pequeño –rechazó él, metiendo las manos en los bolsillos–. No es algo equiparable, ¿no estás de acuerdo?

A Ava la irritó su desprecio. Aunque se sintiera insegura en las relaciones personales, era muy buena profesional.

–No, no estoy de acuerdo –le soltó indignada–. ¿Tienes idea de cuánto tuve que trabajar para demostrar mi valía en París? ¿Para hacer que mi «pequeño negocio» triunfara? –tensó la espalda–. ¿De lo difícil que fue conseguir que los artistas confiaran en mí porque temían que fuera una princesa con la cabeza vacía?

Cuando acabó, vio la sonrisa ladina de Wolfe.

–Oh, ¡eres horrible! ¡Estabas haciendo de abogado del diablo!

–Tienes un fuego dentro de ti que adivino nunca muestras a tu padre.

Por desgracia, él tenía razón. Había erigido una muralla ante su padre, para demostrarle que no lo necesitaba. Además, temía su ira si intentaba reemplazar a Frédéric y fracasaba. Era una mujer adulta que nunca había dejado de desear la aprobación de su padre. Se había trasladado a París para no enfrentarse a eso.

–No me respeta –admitió, dolorida.

–Pues haz que lo haga. Podrías empezar por dejar de fingir que las cosas no te afectan.

Ella lo miró boquiabierta. Quería decirle que había

superado ese aspecto de su naturaleza hacía años, pero solo con mirar a Wolfe sabía que no era así. Le dio la espalda, pero él le puso las manos en los hombros y la giró hacia él. Puso una mano en su barbilla y la miró a los ojos.

–Tal vez deberías pensar en que tu deber es hacia tu pueblo, Ava, no hacia tu padre.

–Nunca lo he visto así –replicó ella, diciéndose que su inesperada ternura no implicaba intimidad.

–Porque te estás centrando en el pasado. Y se acabó. Solo cuenta el futuro –afirmó él, como si no fuera la primera vez que decía esas palabras.

–Tienes razón –se hizo un silencio mientras pensaba en ese «Haz que lo haga». Tal vez podría empezar por dejar de portarse como la adolescente rebelde que había sido–. No puedo seguir luchando contra mi padre. Es fútil y él está enfermo. Y ahora tengo obligaciones–esbozó una débil sonrisa–. ¿Crees que ya me he compadecido de mí misma demasiado tiempo?

Wolfe alzó la cabeza sorprendido, como si no esperase que admitiera esa lacra. Luego se rio.

–Eres única, princesa.

Ella sonrió, reconfortada por la admiración que captó en su voz. Se sintió valorada.

Rememoró la noche que habían compartido. La pasión la había asustado, pero también excitado. Se preguntó... Pero Wolfe no estaba interesado en una relación seria y él mismo había dicho: «Ese barco ha partido definitivamente».

Capítulo 7

NO VAMOS a parar, Ava, punto final.

Ava sabía que el rostro de su padre había adquirido el tono grisáceo que tanto la había asustado de niña, pero siguió sonriendo a la muchedumbre que agitaba banderitas mientras la carroza real avanzaba lentamente por la avenida central de Anders.

Todos los años, ciudadanos y turistas acudían en masa a celebrar el Día de la Independencia de Anders, con una plétora de carrozas y alegres disfraces. Ese año la celebración era algo más sombría y muchas carrozas lucían la foto de su hermano. Eso hacía que Ava quisiera acercarse a su pueblo para compensarlo por la pérdida de Frédéric. Tras su conversación con Wolfe, tres noches antes, sabía que tenía que intentarlo.

Y lo estaba haciendo.

Había sido una liberación tomar algunas de las decisiones a las que se había estado resistiendo. Una de ellas había sido informar a sus artistas de que los ayudaría a encontrar nueva representación cuando su galería cerrara, un mes después. Otra había sido empezar a asistir a reuniones de negocios con los asesores de su padre. La carga de trabajo era intensa, y algunos aspectos del gobierno del país la mareaban, pero tenía la sensación de estar avanzando. Lentamente.

Avanzaba en todo menos en su relación con su padre.

Esa misma mañana él le había dado una charla para que tomara una decisión respecto a las cinco «expresiones de interés», que era como denominaba a las propuestas de matrimonio que había recibido por ella, sin consultarla. En su opinión, ella tenía que aceptar su destino; no veía nada malo en que una de las propuestas fuera de un hombre a quien ni siquiera conocía.

Ava no estaba lista para aceptar eso. Y con Wolfe sentado frente a ella, sublime con su traje de diseño, escrutando la multitud, ni siquiera quería pensar en ello.

–Necesito hacer parte del recorrido andando –le dijo a su padre con una sonrisa templada.

–No voy a repetirme, Ava –su padre saludaba con la cabeza a sus súbditos.

–Sé que no es la forma tradicional de recorrer la avenida, pero si voy a gobernar Anders no quiero que nuestro pueblo me considere una figura distante. Llevo mucho tiempo en París.

–Dile que es demasiado peligroso –su padre miró a Wolfe.

–El rey tiene razón –concedió Wolfe–. Nunca es buena idea hacer cambios de última hora al itinerario.

A Ava se le encogió el corazón cuando él apoyó a su padre, le parecía una traición. Tras el baile de gala había tenido la sensación de haber iniciado una especie de amistad. Había disfrutado de su compañía cuando la escoltaba a las reuniones y de que estuviera a su lado para garantizar su seguridad. Incluso la había ayudado cuando no entendía algún concepto financiero.

Pero, sobre todo, disfrutaba cuando se acababa el día y él le llevaba una taza de su té favorito sin que tuviera que pedirla. Nadie hacía nada por ella sin que tuviera que pedirlo.

–Pero puede hacerse –lo miró con firmeza.

–¿Por qué te empeñas en desafiarme? –el rostro de su padre se tensó.

–No se trata de un desafío, señor –insistió Ava–. Si me puede dar una buena razón para que no camine entre nuestra gente, la escucharé.

–Es un cambio en la tradición.

–¿Por qué no puedo iniciar una nueva?

–Es un riesgo de seguridad.

Ava sabía que tenía razón, pero también que el miedo debilitaba.

–¿Es más importante gobernar con seguridad, padre, o con integridad?

–Siempre fuiste una niña lista, Ava, pero no vas a bajar de esta carroza. Wolfe –dijo, mientras seguía sonriendo y saludando–, detenla antes de que haga algo estúpido.

Ava alzó la barbilla, desafiante. Lo que pedía era importante para ella en muchos sentidos. Por suerte, su determinación no iba a tener que enfrentarse a la de Wolfe.

–Mi trabajo es mantenerla a salvo, Majestad, no detenerla.

–Gracias.

Wolfe se dio la vuelta cuando oyó a Ava entrar en la habitación que estaba usando como despacho. Había pensado que se retiraría pronto, agotada tras caminar kilómetros y encandilar a su gente estrechando manos y deseándoles lo mejor. Sin embargo, se la veía fresca y animada, luciendo una especie de conjunto de yoga que se amoldaba perfectamente a sus curvas.

–Ha sido una tontería hacerlo –sabía por qué le daba las gracias, pero su petición lo había puesto en una situación imposible. Seguía airado.

–Puede –le ofreció una sonrisa–. Pero necesitaba hacerlo y tú lo entendiste.

–Entendía que tenías una idea alocada y que hoy salió bien. La siguiente vez podría no ser así.

–La vida es un riesgo, ¿no? –ladeó la cabeza–. Suponía que tu trabajo estaba lleno de ellos.

–Los riesgos calculados son distintos de las reacciones espontáneas.

–No ha sido una reacción espontánea –refutó ella–. Llevaba toda la mañana pensándolo.

–Quizás la próxima vez podrías compartirlo –repuso él con voz seca.

–Vale –encogió los hombros–. Te entiendo, pero aun así me alegro de haberlo hecho.

Wolfe gruñó y cometió el error de ponerse en pie tras el escritorio. Se había esforzado por ignorar su delicioso aroma toda la semana, pero en esa habitación tan pequeña era imposible.

–¿Querías algo más? –inquirió Wolfe.

–Sí. ¿Tienes noticias sobre quién ha podido matar a mi hermano?

–No –tenía algunas pistas, pero no informaba al cliente durante el curso de la investigación.

–De acuerdo entonces. Voy a dar un paseo afuera. Por si necesitas saberlo.

–Si sales, tendré que ir contigo.

–Bueno –lo miró a los ojos. Él deseó tumbarla sobre el escritorio y quitarle la ajustada camiseta.

–Sugiero que vayas por una chaqueta. Hace frío afuera.

–No sé dónde miras la información del tiempo –dijo Ava diez minutos después–. No hace nada de frío –se quitó la ligera chaqueta y se la puso sobre los hombros. Me encantan estas noches de verano despejadas, con las montañas al fondo y el canto de las cigarras. Cuando era pequeña me tumbaba en la hierba con mi madre y contábamos las estrellas. Eso no es posible en París.

–¿No hay estrellas?

–No es por las estrellas, es por la hierba. Si te acercas a la hierba de un parque parisino, un gendarme llega y te pone una multa –agitó un dedo–. Se puede mirar, pero no tocar.

Wolfe sabía exactamente lo duro que era eso.

–¿Ni siquiera las princesas?

–Eso me temo. En París, solo los parisinos reciben un trato especial.

Wolfe se rio. Él también había hecho comparaciones entre Australia y Anders durante esa semana. Hacía años que no pasaba tantos días seguidos en un sitio y, aunque se consideraba hombre de playa, la pequeña y montañosa nación de Ava le parecía serena y pacífica.

–¿Cómo te sientes respecto a haber vuelto?

Ava dejó de andar y se volvió hacia las montañas, apenas visibles en la oscuridad.

–Hace dos semanas habría dicho que lo odiaba, pero ahora empieza a gustarme de nuevo –titubeó y él deseó que siguiera.

–Porque... –la animó. Le gustaba oírla hablar.

–Porque he echado de menos el olor a pino en el aire y la tranquilidad de estar rodeada de verdor. Me siento en casa y me he dado cuenta de que echaba esto de menos –tocó una planta de lavanda y se llevó los dedos a la nariz para inhalar su aroma–. La única pega es mi padre. Está tan seguro de tener razón que a veces es agotador tratar con él. ¿Tienes ese problema? –le preguntó.

–No. Yo me entiendo bien con él –se escabulló Wolfe. Sabía que ella le preguntaba por su propio padre, pero no quería hablar de eso.

Se apartó del sendero, caminó sobre la hierba hasta un viejo pino y apoyó las palmas de las manos en su tronco. Ella lo siguió.

–Dicen que si apoyas las manos en el tronco puedes sentir sus secretos –le dijo.

–¿En serio? –ella abrió los dedos contra el tronco, junto a él, provocando a Wolfe todo tipo de respuestas físicas no deseadas–. ¿Qué sientes?

–Corteza –respondió Wolfe, seguro de que ella no querría oír lo que sentía en realidad.

–Y yo creía que ibas a contarme algo profundo y significativo –Ava se rio y sacudió la cabeza.

–No, nada de eso –Wolfe volvió al sendero.

–Creciste en una granja, ¿no?

–Sí –esperó que la breve respuesta indicara lo poco que quería hablar de su pasado.

–¿Cómo era?

–Polvorienta.

–¡Uf! ¿Sabes que te cierras como una ostra cuando te pregunto algo personal?

Wolfe la miró y soltó una risita al ver su expresión de disgusto.

–¿Por qué haces que sea tan difícil conocerte?

Wolfe se libró de contestar a la espinosa pregunta porque su móvil empezó a vibrar. Lo sacó del bolsillo y vio que lo llamaba su hermano.

–Disculpa, tengo que contestar –pulsó el botón–. Ad, ¿qué pasa?

–Perdona, hermano. ¿Te he pillado corriendo?

Wolfe tardó un segundo en captar que lo decía porque su respiración sonaba tensa e irregular.

–Solo trabajando. ¿Tú sigues en la oficina?

–¿Dónde iba a estar mientras tú vives en un castillo europeo y proteges a una bella doncella?

Wolfe le dijo a su hermano que se cambiaría por él sin pensarlo, pero era mentira. Cambió de tema y hablaron de distintos asuntos de trabajo antes de poner fin a la comunicación.

–Vaya, qué bien te ha venido eso.

Wolfe miró a la mujer que lo estaba volviendo loco y comprendió que, aparte de su hermano, era la única persona que se atrevía a retarlo.

Acalorado, centró la mirada en el ramito de flores que ella tenía en las manos, como una novia a punto de caminar hacia el altar. Desechó la desconcertante imagen.

–Deberíamos volver a entrar –dijo, seco.

–Bueno –ella olisqueó las flores y empezó a andar–. ¿Ese era tu hermano?

–Sí –replicó él.

–Parece que estáis muy unidos.

–Lo estamos.

–¿No hay rivalidad entre hermanos?

–Nos llevamos menos de dos años, así que siempre hicimos todo juntos.

–¿Viaja tanto como tú?

–No, está instalado en Nueva York.

–¿Tiene esposa? ¿Hijos?

–Esto empieza a parecer una inquisición.

–Solo intento conocerte un poco mejor.

–¿Haciendo preguntas sobre mi hermano?

–No contestas a preguntas de otra cosa.

Eso era porque nunca le había visto sentido a hablar de sí mismo. Y, si era sincero, también porque ella empezaba a gustarlo de un modo que trascendía lo físico y eso lo asustaba. Era peligroso establecer vínculos con un cliente. Disminuía la atención y empeoraba el trabajo.

–Mira, no te preocupes –ella le ofreció una débil sonrisa–. Cuando te pones así... –encogió los hombros–. Olvido que trabajas para mi padre.

Si hubiera intentado sacarle información o hacerle sentirse culpable, se habría mantenido firme. Pero al enfrentarse a la estoica indiferencia que sabía que ella usaba para enmascarar sus sentimientos, se rindió. O tal vez fuera por lo bella que estaba a la luz de la luna.

–¿Qué quieres saber? –preguntó, algo hosco.

–¿Qué quieres contarme?

Wolfe resopló. Era típico de ella obligarlo a esforzarse por algo que ni siquiera quería hacer.

–Mi padre falleció hace diez años.

–Lo siento. ¿Estabais unidos?

–A veces –respondió él, tras pensarlo.

–¿Y tu madre?

–No sé dónde vive. Se marchó cuando yo era muy joven.

–Oh. Eso debió de ser muy duro.

–Las cosas son como son –captó la mirada de ella y supo que estaba aventurando más de lo que él habría deseado.

–¿Es esa la razón de que evites las relaciones a largo plazo?

Siguió un largo silencio. Hasta las cigarras habían dejado de cantar, como si esperaran.

–¿Y el amor? –insistió ella.

–El amor es el sentimiento más inestable que me he encontrado nunca –dijo él con voz fiera. Era hora de poner fin a la conversación–. Mi madre no se marchó una sola vez, sino muchas. Siempre que volvía nos decía cuánto nos quería. Pero solo lo decía entonces.

Se arrepintió de lo dicho de inmediato. La mirada compasiva de Ava hizo que se sintiera diez veces peor.

–¿Adónde iba?

–Nunca lo supimos. A veces conocía a un hombre y se iba, otras se tomaba «unas vacaciones».

–Es terrible. ¿Qué decía tu padre? ¿estaba allí?

–Estaba. Pero no decía nada. Cuando volvía, a veces meses después, simulábamos que no se había ido.

–Eso es lo que más duele, ¿no? –ella juntó la cejas con consternación–. Solía odiar que mi padre se fuera de viaje, o se encerrara en sus reuniones, y luego ignorara cómo nos hacía sentir.

–A mí no me dolía. A Adam sí. Siempre que se iba, él se escapaba para ir a buscarla –Wolfe odiaba recordar las horas pasadas buscando a su hermano, preocupado por si lo encontraría vivo o muerto en el árido terreno que rodeaba la granja.

–¿Y ti no?

–No. A mí no. Era más mayor. Lo entendía.

Wolfe sintió un gran alivio al ver que estaban junto a la entrada al palacio. Ella le lanzó una mirada penetrante que lo tensó de arriba abajo.

--¿Qué entendías, Wolfe? ¿Que eras un niño que no podía confiar en el amor de su madre?

Capítulo 8

AVA dudaba entre los dos vestidos de noche que había sobre la cama del hotel. La ventana abierta dejaba entrar el fragante aire parisino. Afuera, el cielo estaba teñido de rosa y naranja y el Sena brillaba a la luz de las farolas que acababan de encenderse.

Mientras escuchaba su disco de jazz favorito, intentaba relajarse respecto a su cena con el príncipe Lorenzo de Triole y no preguntarse adónde había ido Wolfe la noche anterior.

Apenas le había dirigido la palabra durante una semana, desde que le había hablado de su infancia y ella había hecho el comentario sobre su madre. Lo había dicho sin pensarlo, porque se había sentido indignada por él. Y era obvio que sus palabras lo habían indignado, porque había dejado de sentarse a su lado en las reuniones y ya no le llevaba su taza de té. Eran cosas sin importancia, pero que había, llegado a significar mucho para ella. En algún momento había olvidado que solo era su cliente. Que, aunque habían sido amantes, no había nada entre ellos.

Una vocecita endiablada le decía que él había salido con una mujer. Que era un hombre con un gran apetito sexual que no había satisfecho en semanas. Cerró los puños y se obligó a no pensar en eso. Tenía que concentrarse en elegir un vestido para la velada. Sonrió a Lucy, que tenía una expresión soñadora en el rostro.

Desde que Ava había aceptado los cambios en su vida, Lucy y ella se habían hecho amigas.

–¿Qué opinas, Lucy?

–Depende de lo que busques. El plata es elegante y discreto, el rojo grita «mírame». Es muy atrevido.

Ava no pudo impedir preguntarse cuál preferiría Wolfe. El plata. Él querría que se fundiera con el entorno, que pasara desapercibida.

–El rojo –afirmó. No tenía que vestirse para complacer a Wolfe. Y algo «atrevido» tal vez la animara un poco.

–Buena elección –Lucy sonrió–. ¡El príncipe Lorenzo te encontrará irresistible!

La música se apagó de repente y las palabras de Lucy resonaron en el silencio.

–¡*Monsieur* Wolfe! –gimió Lucy, sobresaltada.

–Déjanos, Lucy –ordenó Wolfe con voz fría.

Lucy titubeó. Ava le dio el vestido rojo.

–Lucy, por favor, haz que lo planchen y lo devuelvan cuando esté listo.

Ava notó de inmediato que Wolfe estaba de muy mal genio; su rostro amenazaba tormenta.

–No te he oído llamar –le dijo, cuando Lucy salió y cerró la puerta tras de sí.

–Eso es porque no he llamado –cruzó la habitación y cerró la ventana. Buscó sus ojos y Ava quedó hipnotizada–. ¿Una gran noche? –preguntó, mirando el vestido plata.

–Una cena de estado siempre es importante –se sentó frente al tocador y empezó a soltarse el pelo, que había recogido para bañarse. Al menos eso le daba algo que hacer. Sabía que él estaba enfadado, pero no sabía por qué–. ¿Querías algo?

Eso sí que era una pregunta cargada. Pero Wolfe no tenía ánimo para contestarla. No mientras ella llevara un ligero kimono azul noche, a tono con sus ojos y, seguramente, nada más.

Estaba de mal humor y sabía por qué. Lo frustraba no haber avanzado en el caso y estaba frustrado consigo mismo. Había perdido el norte la semana anterior y había dejado de pensar en ella como cliente. En algún momento había empezado a admirar su ética de trabajo, su empeño en aprender a cumplir un deber que nunca había creído sería suyo. Y encima, él había exacerbado la situación hablando de sí mismo.

«¿Qué entendías, Wolfe? ¿Que eras un niño que no podía confiar en el amor de su madre?»

Wolfe maldijo para sí, rememorando la pregunta. Eso era lo que se conseguía abriéndose a una mujer: psicología barata y dolor de cabeza.

Había cometido muchos errores con ella, pero el de aquella noche tenía que ser el último.

Había creído que tomarse la noche anterior libre lo ayudaría. Había quedado con un colega en un club que le disgustó desde que atravesó la puerta. Cuando llegó a la pista de baile con una italiana supersexy, empezó a dolerle la cabeza por el ruido y casi había bostezado de aburrimiento. ¿Aburrimiento ante unos pechos que se salían de un minivestido y habrían vuelto loco a cualquier hombre normal? Era ridículo.

–¿Wolfe?

Oír su nombre de los deliciosos labios de Ava era

una invitación para los sentidos. Se la imaginó levantándose del taburete. Desatando el cinturón de la bata, que se abriría hasta chocar con sus pezones, revelando su vientre plano y el vello rizado y castaño que anhelaba besar. Ella lo miraría a los ojos e iría hacia él. Después, rodearía su cuello con los brazos y lo obligaría a besarla.

Por supuesto, no hizo nada de eso.

Empezó a cepillarse el cabello lentamente.

Durante tres semanas había conseguido controlar su deseo de ella. Pero en ese momento tiraba de él y lo hacía sudar. Y sabía por qué.

Lorenzo, príncipe de Triole, la deseaba, y su padre había decidido que era el hombre ideal. Había pedido a Wolfe que le hiciera un control de seguridad para darle vía libre. Esa noche Lorenzo intentaría conseguirla. Consciente de cuánto le importaban a ella la aprobación de su padre y su deber para con el país, temía que le siguiera el juego. Eso no tendría que importarle porque, al fin y al cabo, él no se había declarado.

–¿Wolfe? –repitió ella, preocupada por su silencio–. ¿Tienes noticias de quién provocó el accidente de Frédéric?

–No –masculló Wolfe, levantando un papel arrugado–. He venido por esto.

–¿Se supone que debería saber qué es «esto»?

–Tu itinerario.

–Ah, eso –volvió a centrar la mirada en el espejo–. Me pediste que te advirtiera con antelación cuando quisiera hacer algún cambio.

–Recuerdo haberte dicho que era peligroso.

–Mañana va a hacer un día precioso y...

–Ya has estado en París –interrumpió él con impaciencia–. Has vivido aquí ocho años. ¿Por qué tienes que hacer una visita guiada a pie?

–Hace casi un mes que no estoy aquí. Quiero ver la ciudad de nuevo.

Wolfe se tragó la retahíla de maldiciones que le provocó su expresión testaruda.

–Mira por la ventana –señaló una, sin mirar–. A la derecha, la torre Eiffel, a la izquierda, Notre Dame.

–A la izquierda está el Hôtel de Ville. Notre Dame no se ve desde ahí –lo miró con fijeza–. ¿Has paseado por París, alguna vez Wolfe?

–Claro. Del aeropuerto al coche y del coche al edificio al que necesitaba ir.

–Eso explica que no entiendas mi necesidad de reconectar con la ciudad –dijo ella–. Estaré fuera un buen rato, y quiero subir por Montmartre hasta Sacré Coeur, almorzar y ver la nueva exposición de mi galería antes de que la desmonten.

–Accediste a dejar que fuera yo quien decidiera cuándo podías visitar tu galería.

–He cambiado de opinión.

–Te irrita que sea yo quien decida.

–Eso no viene al caso. ¿Te divertiste anoche?

La inesperada pregunta lo desconcertó. Ella se levantó y fue a apoyarse en el poste de la cama, con una pose involuntariamente provocativa.

–Puedo encajar lo de Sacré Coeur, pero no vas a pasear por Montmartre y tu galería está prohibida hasta que yo lo diga.

Él había filtrado un itinerario falso a un par de sospechosos, y el que ella había diseñado se parecía peligrosamente al suyo. Dejar que se saliera con la suya la pondría en peligro, y no podría vivir consigo mismo si le ocurría algo.

–Mírate –dijo ella, hiriente–. Estás frustrado y airado conmigo, pero no lo demuestras. Siempre controlado y frío bajo presión. Tal vez los rumores sean ciertos y estás hecho de hielo.

Se dio la vuelta, echándose el pelo hacia atrás con uno de esos gestos femeninos que retaban a un hombre a dejarse llevar por sus instintos más básicos. Wolfe no estaba de humor para dejar pasar un reto tan directo. Un segundo después estaba a su lado y daba un golpe en la puerta del armario que ella estaba a punto de abrir.

–¿Crees que estoy hecho de hielo, princesa? Olvidas muy rápido.

Ella giró en redondo, con los ojos muy abiertos. Él no supo si sus pupilas dilatadas mostraban miedo o excitación. Incapaz de contenerse, deslizó una mano entre su pelo e inclinó su rostro para que lo mirara. Sus ojos se encontraron en una batalla de voluntades. Aunque se ordenó dar marcha atrás, miró su dulce boca y solo pudo pensar en besarla. En hacerla suya.

En vez de aplastar sus labios, los rozó con suavidad. Una vez. Dos veces.

Ella gimió e intentó atraer su lengua, pero él llevaba semanas pensando en besarla y no iba a dejar que le metiera prisa. Puso el otro brazo alrededor de su cintura y la atrajo, sin dejar de frotar los labios contra los suyos. Ella se removió en sus brazos, como si estuviera tan desesperada por sentir el contacto como él. Deslizó las manos por su espalda, hasta ponerlas en su trasero y atraerla para que sintiera su erección.

Las manos de ella estaban igual de ocupadas, acariciando su pecho, curvándose sobre sus hombros, abrasando la piel que tocaba.

La sensación de su lengua aterciopelada contra la suya casi lo hizo caer de rodillas. La apretó contra el armario e introdujo una pierna entre sus muslos. Después, la urgió a abrir más la boca. Era como seda en sus brazos, deslizándose contra él, pidiéndole más con gemidos roncos.

Wolfe había sentido que perdía el control en cuanto entró en la habitación. Ya no quedaba rastro de él. Incluso el fino tejido de seda que lo apartaba de ella le parecía excesivo, así que lo apartó y buscó la perfección de sus senos.

Solo Dios sabía cuánto tiempo estuvo perdido, esclavo de sus sensaciones. Esclavo de su perfume y de su cuerpo. De su calor y de los dedos femeninos que tiraban de su pelo.

A su espalda oyó el sonido del pestillo de la puerta que se abría. Empujó a Ava a su espalda y giró, con el arma ya desenfundada. Aun así, supo que lo hacía al menos dos segundos tarde.

La doncella gimió, a punto de desmayarse. Se habría oído el ruido de una pluma al caer.

«Y decías que no cometerías más errores, Ice».

No podía haber un ejemplo más claro de lo mal que estaba haciendo el trabajo de protegerla.

Wolfe estaba inmóvil, en un extremo del salón de baile. A pesar de lucir un carísimo esmoquin, no se estaba esforzando por fundirse con la alta sociedad de París. Estaba demasiado airado.

No tendría que haberla besado.

Ya no solo le resultaba incómodo verla en brazos de otro hombre, le parecía imposible. No entendía cómo su padre había aceptado a su madre cada vez que volvía. Él no era así. Si Ava elegía a otro, a Lorenzo, podía quedarse con él.

Diablos.

Era obvio que iba a elegir a otro. Esa era la razón de tantas fiestas y eventos de gala. Estaba buscando un marido y él tendría que dar gracias al cielo por no estar en su lista. ¿O no?

El mero hecho de plantearse esa pregunta le indicaba que tenía que dar marcha atrás. Y lo haría. Consultó su reloj. En quince minutos todo habría cambiado para mejor. Soltó el aire e intentó recuperar la perspectiva.

Sabía lo que era querer a alguien que no correspondía a ese amor. No podía seguir por ahí. Era como si sus preciadas normas se hubieran derrumbado; en una semana había pensado y dicho más que en veinte años. Si no tenía cuidado, acabaría pensando que la lujuria equivalía al amor y, ¿adónde lo llevaría eso? A sufrir como había sufrido su viejo durante años.

El cliché era que la cliente se enamorara del guardaespaldas. Lo opuesto generaba problemas, y él solucionaba problemas, no los creaba.

Decirse que ella era como cualquier otra mujer no estaba funcionando. La deseaba. No a cualquier mujer. La quería a ella.

Había aceptado el trabajo creyendo que podría controlarse. Pero dos horas antes había demostrado que con ella se controlaba tanto como un tiburón en un baño de sangre.

Como soldado de operaciones especiales estaba adiestrado para soportar el cansancio y el dolor físico, incluso la tortura. Pero no lo habían enseñado a resistirse a un deseo de la magnitud del que sentía. Podría resistirse, claro, pero una parte de él no quería hacerlo. Y eso lo asustaba.

Diez minutos.

La buscó en la sala de baile. No era difícil encontrarla con ese vestido escarlata que se ajustaba a cada una de sus curvas, al menos a aquellas que conseguía ocultar. Si había querido demostrar que estaba disponible, lo había conseguido. Y Lorenzo estaba de compras y tenía lo necesario para poder comprar.

Wolfe no. Su vida estaba tan estructurada como la de ella: trabajo, mujeres, diversión, en ese orden. Era una gran vida. Una que cualquier hombre en su sano juicio envidiaría. Una vida que nunca había cuestionado y que no quería cuestionar. Con el tiempo olvidaría el ruido suave y sexy que ella emitía cada vez que la besaba.

Una risotada a su espalda lo sacó de su ensimismamiento. Se preguntó dónde estaba ella. La gente le bloqueaba la visión, pero su sexto sentido le decía que no estaba en el salón.

Un escalofrío recorrió su espalda.

Miró a la izquierda y captó la mirada de un miembro de su equipo, que actuaba como camarero. Jonesy hizo una sutil seña hacia las puertas que conducían al jardín. Wolfe apretó los labios. Le había dicho que no saliera. Sin duda, el perfecto príncipe de Triole la había sacado afuera, y eso no iba a ocurrir mientras él vigilara.

Furioso por su lapsus de concentración, Wolfe sorteó a los invitados y salió. Se esforzaba por oír su voz cuando vio el destello de su vestido rojo entre los árboles, junto a la raya roja que recorría el lateral de los pan talones del príncipe. «Bien conjuntados», pensó con acidez.

Lorenzo tenía las manos de Ava en las suyas y la miraba con adoración. Tal vez iba a declararse, pero Wolfe no esperó a que lo hiciera.

—Bonita noche para dar un paseo, *ma'am*.

Ava se tensó al oír la voz de Wolfe y liberó sus manos. Sabía que la estaba reprendiendo por desobedecer sus órdenes, pero le daba igual.

Desde que él había salido de su habitación, se había empeñado en que Lorenzo le resultara atractivo. No quería que Wolfe fuera el único hombre capaz de hacer que se derritiera de pasión. Sabía que él no quería comprometerse y ella quería lo contrario. Esperar más de él era castigarse. Sobre todo porque su expresión cuando había salido de su habitación había denotado cuánto lo molestaba su atracción por ella.

Cuando llegó a su lado, tan viril que le quitaba el aliento, no pudo dejar de pensar en la sensación de estar apretada contra sus músculos. Nunca había creído que un hombre poderoso podía volverla loca, pero eso había sido antes de conocer a Wolfe. La química que chisporroteaba entre ellos la hacía desear tenerlo... para siempre.

—El príncipe Lorenzo y yo queremos estar solos, Wolfe.

—Necesito hablar contigo.

—Ahora no —Ava negó con la cabeza. Hablar era mala idea. Lo apropiado era olvidar lo que había ocurrido en la habitación del hotel.

Wolfe miró a Lorenzo y ella supo que estaba a punto

de ordenarle que se fuera. Solo él se plantearía hacerle eso a un heredero al trono.

–Wolfe, por favor –suplicó, a su pesar. Por la mañana iba a pedirle a su padre que le buscara otro guardaespaldas. Wolfe podía seguir al mando si quería, pero era imposible que ella sintiera más que amistad por otro hombre si él estaba cerca. Pensaba en él a todas horas. Empezaba a temer que ningún otro estaría a su altura. Nunca.

Él apretó la mandíbula, como hacía siempre que se enfadaba con ella. ¡Era un tipo imposible! Sus labios se entreabrieron al recordar el beso.

«No pienses en eso», se ordenó. Pero Wolfe bloqueaba su camino, sin darle otra opción que esperar a que se apartara o dar la vuelta y volver dentro con el rabo entre las piernas, como él quería que hiciera.

Ava se acercó más, pero supo que había sido un error en cuanto captó su aroma de almizcle y hombre, que exacerbaba sus sentidos.

Se estremeció y Lorenzo puso una mano en su hombro. Le pareció fría, mientras que la de Wolfe siempre estaba tan caliente que la abrasaba.

–¿Tienes frío, *piccolina*?

Durante un instante, Ava pensó que Wolfe golpearía a Lorenzo, así que le sonrió y lanzó una mirada asesina a Wolfe.

–Podemos hablar después. Ahora necesito que te apartes de mi camino.

Él miró su reloj y se hizo a un lado. Pero Ava no se sintió como si hubiera triunfado. Frustrada, se agarró al brazo de Lorenzo para intentar dejar de pensar en Wolfe.

En realidad, sabía que si Lucy no los hubiera interrumpido, habrían acabado en la cama. Y no podía dejar de pensar que se sentía maravillosamente en sus brazos.

–¿Ava? –dijo Lorenzo.

–Disculpa. Estaba... me estabas contando cómo podríamos integrar las redes de telecomunicaciones entre Anders y Triole.

Ava dejó que le hablara de las posibilidades, pero no estaba concentrada y, percibiendo el silencio acerado de Wolfe a su espalda, deseó escapar de ambos hombres. Lo habría hecho si Wolfe no hubiera carraspeado, yendo hacia ella.

–Señora –su voz sonó tersa y oficial–. Tenemos que hablar ahora.

Ava miró de Wolfe al hombretón de traje y expresión seria que tenía al lado. Se dijo que tal vez tenía noticias sobre su situación. Así que pidió excusas a Lorenzo y esperó a que Wolfe hablara.

–Señora, este es Dan Rogers, un especialista en seguridad que ha trabajado para mí varios años. Se ocupará de su seguridad a partir de ahora.

–¿Dimites? –preguntó Ava tras digerir las palabras de Wolfe. No lo podía creer. Le había dicho que nunca dimitiría y, en el fondo, ella había confiado en que fuera así.

–No dimito. Reorganizo el equipo para una mejor utilización de nuestros recursos.

Ava no lo creyó. No era una cuestión de recursos, sino de ese beso que habían compartido. Perdida en un torbellino de ideas y sentimientos, dijo lo primero que le pasó por la cabeza.

–A mi padre no le gustará.

–Yo me encargaré de su padre –sin darle tiempo a decir más, se volvió hacia el hombre–. Cuida de ella, cuando esté segura para el resto de la noche, llámame y te daré todos los detalles.

El hombre asintió.

–Buenas noches, señora –dijo Wolfe.

Ava cerró los ojos y apoyó la cabeza contra el respaldo de la limusina. Estaba sola porque había prohibido a su nuevo guardaespaldas que viajara con ella. No le había hecho gracia, pero le había lanzado esa mirada de superioridad que nunca funcionaba con Wolfe y había accedido.

Se sentía terriblemente sola y anhelaba algo familiar que la anclara a un mundo que se movía y cambiaba a un ritmo que le costaba seguir. Últimamente había tomado tantas decisiones que estaba exhausta. Los cambios en su vida habían sido demasiado rápidos.

Dejándose llevar por lo que sabía que Wolfe denominaría una «reacción espontánea», le había pedido al chófer que la llevara a su galería. Ver las obras de Monique, que llevaban dos semanas expuestas, la relajaría.

Sonrió mientras el cambio de planes se comunicaba a los otros dos coches. A Wolfe le daría un ataque, pero había dejado su puesto y no podía hacer nada al respecto.

Cuando el coche se detuvo, Ava, sin esperar a que el chófer le abriera la puerta, bajó. Su nuevo guardaespaldas se puso a su lado.

–Señora, me gustaría que esperara unos minutos antes de entrar.

–¿Viene Wolfe para acá? –preguntó ella.

–Sí, señora.

–Pensaba que tú estabas al mando ahora.

–Lo estoy, sin embargo...

–Da igual. No esperaré a tu jefe –giró sobre los talones y cruzó la plaza hacia la hilera de tiendas que conocía como la palma de su mano. Sus pasos resonaron en el silencio nocturno.

Dan llegó a la sólida puerta de metal antes que ella y extendió la mano hacia la llave.

—Yo abriré, señora.

—Puedo hacerlo yo —repuso, testaruda. Un coche dio un frenazo muy cerca, pero lo ignoró.

—¡Ava! —el grito de Wolfe hizo que le fallaran los dedos y eso la enfadó. No iba a permitir que arruinara su última visita a la galería.

La estúpida llave eligió ese momento para quedarse atascada y, frustrada, la giró hacia el otro lado. Él áspero «Apártate» de Wolfe la confundió. De repente un brazo rodeó su cintura y tiró de ella hacia un lado, segundos antes de que se produjera una explosión atronadora.

Capítulo 9

ELLA gritó y se quedó sin aire, se sentía como si un edificio le hubiera caído encima.

–Asegurad... la... zona.

La voz grave de Wolfe, cargada de dolor, daba instrucciones a sus hombres. Ava tosió e inspiró el aire acre que los rodeaba. Intentó ponerse de espaldas y se dio cuenta de que era Wolfe quien la aplastaba con su cuerpo.

–¿Qué...?

–Ava. No te muevas –sus diestras manos recorrieron su cuerpo con eficacia mecánica. Cuando se aseguró de que no estaba malherida se levantó con torpeza.

Ella vio lo que quedaba de la fachada de su edificio. La puerta contra incendios estaba en el suelo, abollada. Anonadada por el caos y la devastación que la rodeaban, miró a Wolfe.

–*Mon Dieu*, estás herido –ignorando el dolor de las manos y de la cadera con la que había golpeado el suelo, llevó la mano al desgarrón de la manga de su chaqueta. La camisa blanca empezaba a teñirse de rojo.

–Metedla... en el coche –jadeó Wolfe, quitándose la chaqueta desgarrada.

–No –Ava llevó la mano hacia él, deseando ayudarlo, pero él agitó el brazo en el aire.

–Ahora –su tono no daba lugar a discusión. Sus

hombres la agarraron y la llevaron a la limusina. Oía a Wolfe dando órdenes y el sonido de una sirena de policía. Voces preocupadas se filtraban entre el polvo y el humo hasta que los hombres de Wolfe contuvieron a los curiosos.

Minutos después de la llegada de la policía, Wolfe se sentó a su lado. Llevaba puesta una chaqueta de cuero negro; nada en su apariencia sugería que acababa de lanzarse sobre ella y recibido el impacto de cristal, ladrillo y escayola para protegerla. Parecía sereno y controlado.

Ava, en cambio, no podía dejar de temblar. Era la culpable de lo ocurrido. Wolfe le había dicho que no cambiara el itinerario y no le había hecho caso. Había buscado el consuelo de algo familiar. O tal vez vengarse de Wolfe por dejarla, para obligarlo a ir tras ella.

Dejó escapar un suspiro. Lo cierto era que había puesto en peligro a los encargados de protegerla y se sentía fatal.

Además, ¡era verdad que estaba en peligro! Había querido creer que Wolfe se equivocaba.

–Lo siento –musitó–. Me siento fatal.

–No es culpa tuya –dijo él con voz seca.

Ava se sintió aún peor, era obvio que se culpaba a sí mismo. Sus ojos se llenaron de lágrimas, pero se dijo que no era momento de ponerse emotiva.

–Sí lo es. Tendría que haber...

–¡No! Yo tendría que haber... –la miró a los ojos y calló–. ¿Dónde estás herida?

–Estoy bien.

–Ava –su tono la advirtió que iba a ponerse bruto si no cooperaba, pero ella solo pudo pensar en cuánto le gustaba oírlo decir su nombre.

–La muñeca –admitió. Y la cadera. Y necesitaba un vaso de agua.

Como si hubiera hablado en voz alta, él sacó una botella del minibar y la abrió.

–*Merci*.

–Deja que te mire las manos.

Temblorosa, las extendió y él tocó cuidadosamente los huesos de su muñeca.

–Creo que no hay huesos rotos, pero tienes las palmas de las manos muy arañadas.

–Se curarán –dijo ella.

–Afortunadamente.

El teléfono de Wolfe sonó y él soltó sus manos para contestar.

Ella cerró los ojos mientras la limusina atravesaba la ciudad. Wolfe no volvió a tocarla ni a hablar, pero ella deseaba que lo hiciera. Por una vez, no protestó cuando asumió el control de la situación. Era mejor dejarle hacer su labor.

Miró su perfil de reojo. Tenía el rostro tenso y adusto. Haría cualquier cosa por protegerla porque era su deber, y ella quería que lo hiciera porque deseaba hacerlo. De repente, comprendió cuánto confiaba en que cuidara de ella.

–Por favor, no te enfades con Dan. Intentó detenerme.

–No estoy enfadado con Dan –afirmó él.

No. Estaba enfadado con ella. Y con él mismo.

–¿No lo despedirás?

–No tienes por qué preocuparte de su futuro. Tu comportamiento de esta noche podría haberle costado la vida. Y la tuya... ¡Maldita sea! ¿En qué estabas pensando?

Aunque lo dijo con ira, su voz sonó devastada. Ava se sintió aún más culpable.

–Quería algo familiar. Una conclusión.

–¿Conclusión?

–Me sentí inquieta cuando te fuiste y sabía que no podría dormir. Me pareció buena idea.

–Tendría que haberle dicho a Dan que utilizara la fuerza para detenerte.

–¿Por qué no lo hiciste?

–No quería que te pusiera las manos encima –la miró con intensidad. Ava tragó saliva ante esa admisión–. Solo ha sido un error más por mi parte –resopló y, cerrando los puños, volvió la cabeza.

–¿Crees que se habrá salvado algún cuadro?

–Lo dudo. La puerta corta fuegos lanzó la mayor parte de la explosión hacia el interior, en vez de hacia el exterior. Eso indica que el autor era más amateur que profesional.

–¿Tienes idea de quién pudo ser?

–Si la tuviera, tendría mis manos en su cuello.

–Yo también.

–Eres una damita muy dura, princesa –movió la cabeza y esbozó una leve sonrisa.

Ava arrugó la nariz. No se le daba bien aceptar cumplidos, ni siquiera cuando eran merecidos, pero las palabras de Wolfe la reconfortaron.

Cuando el coche se detuvo, vio que estaban en una especie de pista de aterrizaje, pero la única luz provenía del avión privado de Wolfe.

Wolfe esperó a que sus hombres flanquearan el coche antes de abrir la puerta. Miró a su alrededor, escrutando la oscuridad.

–Por aquí –le dijo, inclinándose hacia ella.

Ava se deslizó por el asiento de cuero aún caliente por su cuerpo. Wolfe la alzó en brazos.

–Puedo andar.

–Será más rápido así.

Ava no tenía energía para discutir y no sabía si podría subir los escalones. Suspiró, cerró los ojos y apoyó la cabeza en su pecho. Sin duda la llevaba de vuelta a Anders, pero habría preferido ir a una isla tropical, lejos del mundanal ruido.

Ya en el avión, Wolfe la depositó en un colchón. Un médico esperaba para examinarla. Comprobó los huesos de su muñeca y luego limpió y vendó las raspaduras de las manos.

–Te dolerán un par de días, pero curarán bien.

–Echa un vistazo a su cadera izquierda. Le molesta –dijo Wolfe.

–No le pasa nada –dijo ella sorprendida. No le había mencionado que le dolía.

–Compruébalo.

Ava hizo un gesto de dolor mientras la examinaba pero, por suerte, solo era un cardenal.

–¿Y qué me dices de ti? –preguntó Ava.

–Yo estoy bien. Gracias, Jock. Dile a Stevens que despegue lo antes posible.

Segundos después, estaban volando.

–Estás tiritando –Wolfe miró su vestido rasgado y sucio. Sacó una camisa nueva de un pequeño armario–. Toma, no tengo ropa para ti. ¿Puedes cambiarte sola?

Ava miró la camisa y los sucesos de la noche la aplastaron como una tromba. Se mordió el labio inferior. Se sentía vulnerable y necesitada.

–Ven aquí –dijo él con voz suave.

Wolfe agarró sus hombros, pero Ava temía que si se rendía al consuelo que le ofrecía, se echaría a llorar y no querría soltarlo.

–Necesito usar el baño. Estoy sucísima.

–Está allí –Wolfe señaló una puerta.

Una vez en el cuarto de baño miró la ducha con cansancio. Tardaría demasiado en ducharse con las manos vendadas, pero le habría gustado librarse de toda la noche bajo el agua.

«No pienses en ello», se ordenó. «Quizás así desaparezca».

Tenía ganas de llorar.

Llevó la mano al costado del vestido y gruñó mientras forcejeaba con la cremallera. Oyó el tejido rasgarse y sollozó. El vestido cayó al suelo y a ella le costó mantenerse en pie.

Se quitó los zapatos y metió los brazos en la camisa de Wolfe. Supo, por el olor, que nunca la había usado y sintió aún más ganas de llorar.

Limpiándose las inútiles lágrimas, estuvo a punto de gritar cuando vio que no podía abotonar la camisa. Por culpa de las manos vendadas y el largo excesivo de las mangas

–Maldición, maldición, maldición.

–¿Ava? ¿Estás bien?

–*Oui*. Estoy bien.

La puerta se abrió y Wolfe la miró, con las manos en las caderas. Se había puesto una camisa limpia y vaqueros. La palabra magnífico no empezaba siquiera a describirlo.

Wolfe se sintió como si alguien le estrujara el corazón al verla en el centro del cuarto de baño, pálida y regia, sujetando los bordes de la camisa, con el vestido roto a sus pies, como un charco de sangre. Tenía rastros de lágrimas en el rostro sucio y le temblaba el labio inferior.

Era bella, fuerte y... especial. La palabra se ancló en su cerebro. Además, estaba de lo más sexy con su camisa.

—No puedo abrochar los malditos botones —se quejó ella, intentando controlar las lágrimas.

—Oh, nena —Wolfe no tenía mucha experiencia con mujeres llorosas pero, por puro instinto, entró y la envolvió en sus brazos. Tuvo una sensación muy satisfactoria cuando ella hundió la cabeza en su pecho y se sorbió la nariz. Era como si ese fuera su lugar. Rechazó el pensamiento de inmediato, iba contra sus normas.

Cuando los brazos de ella rodearon su espalda, ignoró el pinchazo de dolor en los músculos sobre los que había caído parte de la pared de su galería.

—¿Sabes por qué elegí París?

La voz de Ava sonó apagada contra su camisa, y le recordó a los gatitos recién nacidos que su hermano y él habían encontrado abandonados en un cobertizo solitario. Adam y él los habían alimentado en secreto hasta que se hicieron demasiado grandes para ocultarlos. Su padre había querido ahogarlos, pero le habían suplicado hasta que les permitió hacer un cartel y llevarlos al centro comercial. Pasaron allí el día entero, hasta regalarlos todos.

El recuerdo le hizo sentirse vulnerable, así que carraspeó y acarició la espalda de Ava.

—No. ¿Por qué?

—Era la ciudad de mi madre. Creció allí. Tras su muerte mi vida se convirtió en algo sacado de una novela de Dickens. Mi padre no sabía cómo tratar a una adolescente, así que me ignoraba. Y como Frédéric estaba en la escuela militar, yo...

–No tenías a nadie.

–No –dejó escapar un fuerte sollozo. Wolfe, recordando su estoica reacción a la muerte de Frédéric, adivinó que no se había permitido llorarlo. La destrucción de su galería sería otra tragedia más que añadir a su lista de pérdidas.

La necesidad de confortarla pudo con su instinto de conservación. La apretó contra él, absorbiendo su dolor. Cuando pasó la tormenta, ella se apartó un poco.

–Debes de pensar que soy una débil... Oh. ¿Por qué no me dijiste que tenía este aspecto?

Wolfe miró por encima del hombro y vio el reflejo de su expresión de horror en el espejo. Le apartó el pelo de la cara.

–Pensaba que querías presentarte al concurso de Panda del Año.

–Sí. Claro –rezongó ella, pasándose el dorso de la mano por el rostro. Con la otra mantenía cerrada la camisa.

–Deja, yo lo haré –Wolfe mojó una toallita con agua, alzó su barbilla y limpió el polvo y los manchurrones lo mejor que pudo.

Ella empezó a luchar con los botones de la camisa. Wolfe maldijo para sí al darse cuenta de que también iba a tener que hacer eso.

–Será más rápido si lo hago yo –apartó sus manos y alcanzó el botón superior. Los ojos enrojecidos buscaron los suyos y él empezó a sudar. Tenía que pensar en otra cosa, así que, mentalmente, empezó a desmontar un AK47.

Le temblaban los dedos mientras introducía los botones en los ojales. Se detuvo cuando rozó accidentalmente la piel de su escote. El AK47 no podía competir con el recuerdo de esos senos en sus manos y, rindiéndose, se permitió conjurar la textura de sus pezones erectos, su color, su sabor. Cuando por fin llegó al último botón, Wolfe, asqueado consigo mismo, se alegró de no tener delante ese AK47, o se habría pegado un tiro.

Después, la alzó en brazos, fue al dormitorio del avión y la dejó sobre la cama. Iba a decirle que la dejaría descansar cuando se dio cuenta de que no se había movido. Seguía sentada donde la había dejado.

—Ava —suspiró. Parecía tan cansada e infeliz que apoyó una rodilla en la cama y acarició sus hombros—. Nena, túmbate.

Ella movió la cabeza, temblorosa de nuevo.

—Vamos, princesa. Es hora de dormir.

La tumbó sobre la cama y le apartó el pelo del rostro, pensando que ese sería el último contacto.

—Wolfe —musitó ella—. ¿Podrías quedarte conmigo? Al menos unos minutos.

«¿Podía quedarse con ella? Claro. ¿Debería quedarse con ella? No».

Wolfe cerró los ojos. Sería un error monumental acceder. Quería quedarse, y mucho. Razón de más para no hacerlo.

—De acuerdo —acarició su pómulo y su barbilla. Sin pensarlo más, se echó a su lado y apoyó la espalda en el cabecero. Sin decir palabra, la atrajo hacia él y notó como su cuerpo se relajaba y amoldaba perfectamente al suyo, como si estuviera diseñado para ella.

—Duerme, princesa. Estaré aquí —una sensación de calidez se extendió por su pecho y sintió un nudo en la garganta. Se había prometido mantener la distancia física, pero allí estaba.

Tendría que retomar ese plan cuando llegaran a su

isla. Su casa era lo bastante grande para perderse en
ella. Cuando Ava estuviera a salvo, podría encerrarse a
trabajar.

Se quedaría con ella hasta que se durmiera y luego
iría a estudiar la información que su equipo le habría
enviado sobre la bomba. Sospechaba quién estaba detrás del atentado, dada la gente a la que había filtrado
un itinerario falso, y era hora de averiguar si su intui-
ción era acertada.

Soltó el aire lentamente y obligó a su dolorido cuerpo
a relajarse. Cuando había visto a Ava ante el edificio,
había volado más que corrido para alcanzarla. Su instinto le gritaba que tendría que haber enviado alguien a
revisar la galería esa tarde. No lo había hecho, otro error
para su cuenta, y casi la había perdido. Hasta un novato
la habría protegido mejor.

Ella emitió un ruidito, entre sueños y él se dio cuenta
de que había estado acariciándole el pelo. Apartó los
dedos y retiró la mano. Se dijo que era hora de dejar de
fantasear con esos ojos azules y con el sabor de su boca.
Ella era su cliente.

Maldijo al darse cuenta de que no era la primera vez
que se decía eso a sí mismo.

Contempló el rostro de Ava y volvió a sentir un nudo
en la garganta. Tenía que distanciarse. Si no le interesaban las casitas con verjas blancas, menos aún los castillos
con foso. Pero nada paliaba la emoción que había aflo-
rado al verla en peligro. Haría cualquier cosa por protegerla. Lo sabía. Y lo sensato era odiar esa sensación.

Iba a bajarse de la cama cuando ella estiró un brazo
y lo colocó sobre su cintura. Impotente, Wolfe la observó dormir.

Capítulo 10

AVA no había tenido tiempo de avergonzarse de su ataque de llanto. En cuanto aterrizaron, Wolfe la había conducido a un jeep. Al sentir el húmedo calor nocturno y el aroma a eucalipto, supo que no estaban en Anders.

–¿Dónde estamos?

–En una isla –contestó Wolfe.

–¿Bromeas? –Ava soltó una risita.

–No. ¿Por qué?

Ava movió la cabeza, tal vez seguía soñando. Tenía que haber soñado que Wolfe había estado con ella todo el vuelo, acariciándole el pelo.

–Por nada. ¿Qué isla?

–Cape Paraiso. Es una pequeña isla privada, en la costa oeste de África.

–¿Es tuya? –Ava había captado el tono posesivo de su voz.

–Estaba de oferta. Sube.

Ava sabía que Wolfe no había nacido rico, se había hecho a sí mismo, y no pudo evitar admirar lo discreto que era sobre su éxito.

Controló un bostezo mientras el coche recorría un sendero lleno de baches. Wolfe leía un documento en su teléfono.

–¿Tienes ya idea de quién es el responsable?

–Estoy trabajando en ello –respondió él con expresión velada.

Ava dejó que leyera. El viento agitaba las copas de los árboles y la luna creaba reflejos plateados en el océano oscuro. Se distinguía la silueta de una casa de piedra en el lateral de un acantilado.

Cuando llegaron a una pequeña rotonda, Wolfe bajó del jeep. Ella lo siguió con la mirada y vio su rigidez. Sin duda, estaba muy dolorido. Recordó la sangre que había visto en su chaqueta; había estado tan absorta en el horror de lo ocurrido que no había pensado en sus lesiones.

–Estoy bien, puedo andar –le dijo.

–Sígueme –asintió él, tras una leve pausa.

Las baldosas estaban frías y arenosas bajo sus pies descalzos. Un momento después, Ava se encontraba en una enorme zona de estar en la que habría cabido su avión, el jeep y un buque.

–¡Vaya! –exclamó.

–¿Te gusta?

–Es enorme.

–El tamaño es engañoso. Esta es la zona más amplia de la casa. ¿Tienes hambre?

–No podría comer –dijo ella.

–Te llevaré a tu habitación. Este pasillo lleva al dormitorio. El otro a la cocina, el gimnasio y la zona de la piscina. La casa tiene solo un nivel, así que no creo que te pierdas.

La condujo por un largo pasillo del que salían otros. Ava se preguntó si compartían el significado de enorme.

–¿Estamos solos?

–Sí –él abrió una puerta–. La isla es totalmente privada. La pareja que cuida de la casa vive en otra isla más grande, a una hora de aquí.

Entró en la habitación, encendió la luz y comprobó las puertas de cristal que conducían a la terraza. Cuando volvió a mirarla, ella fue muy consciente de que estaba en el centro de un dormitorio vestida solo con una camisa y unas bragas. Cada célula de su cuerpo vibraba y se preguntó si él sentía lo mismo. Deseó abrirse la camisa y forzar su férreo control al máximo.

—No tengo ropa de mujer y no puedo pedir que la traigan. Esa camisa te servirá esta noche. Mañana te dejaré camisetas y pantalones cortos.

—*Merci*.

—Preferiría que no salieras. Toda la casa tiene sistema de alarma y no me gustaría que la hicieras saltar —sin esperar respuesta, fue hacia la puerta—. En el cuarto de baño hay de todo, pero estaré en la habitación de al lado si necesitas algo.

«¿Tú incluido?», pensó ella.

—Seguro que estaré bien —dijo.

—Buenas noches, entonces.

Ava, despejada tras descansar en el avión, miró la habitación. Era grande y aireada, con el mismo estilo hispánico del resto de la casa: suelos de terracota con mosaicos, alfombras de colores y muebles de madera clara.

Le habría encantado darse una ducha, pero le parecía imposible con las manos vendadas. En la habitación no había televisión, ni nada con lo que distraerse. Sin otra cosa que hacer, fue a lavarse como pudo y luego se tumbó en la cama para intentar dormir. Su madre siempre le había dicho que podía hacer cualquier cosa que se propusiera, pero dormirse a voluntad no era una de ellas.

La entristeció pensar en su madre. Había sido la única persona que entendía su necesidad de brillar con luz propia. De ser independiente.

«Wolfe te entiende». La idea entró en su mente y la transportó de vuelta a la cama del avión. Acurrucarse contra su enorme cuerpo había sido... Ava sintió una contracción en la pelvis. Había sido delicioso. Él era cálido y sólido. En comparación, esa cama le parecía fría y vacía.

Se preguntó qué haría él si iba a buscarlo desnuda. Irritada consigo misma, se tumbó de espaldas y clavó la vista en el techo. No sabía por qué no podía sacarse a ese hombre de la cabeza.

Ni por qué Lorenzo no la afectaba ni la mitad. Casarse con él resolvería sus problemas. Era el segundo en la línea de sucesión de su país, así que entendía las presiones que sufriría como reina. Y era amable y considerado. El perfecto caballero.

Pero no lo amaba y él tampoco a ella. Era posible que el amor surgiera, ocurría a menudo en los matrimonios concertados. «Y otras veces no».

–¡Oh, cállate! –le dijo Ava a la insistente voz de su cabeza. Tendría que acostarse con él y eso sería «Incorrecto»–. Sí, sí. Lo sé.

Hablarle a una habitación vacía no iba a cambiar nada. Sintiéndose sola y vulnerable, Ava sintió la necesidad de dejarle un mensaje a su padre. Pero no sabía dónde estaba su móvil. Sabía que lo había tenido en la limusina. Tal vez los eficientes hombres de Wolfe lo habían recogido.

En ese caso, lo habrían dejado en el salón, o en la cocina, no habrían ido a su dormitorio a molestarla. Ava decidió ir a echar un vistazo. De paso, se tomaría un vaso de leche templada.

Salió de la habitación y empezó a andar, pero se detuvo cuando vio un triángulo de luz en el pasillo. Wolfe no debía de haberse acostado. Fue hacia allí y cuando llegó a la puerta tuvo que llevarse la mano a la boca para apagar un gritito.

Wolfe estaba en el centro de un pequeño aseo, desnudo hasta la cintura, con la espalda cubierta de heridas y moretones. Había un botiquín abierto sobre un banco, con gasas, algodones manchados de sangre y unas tijeras. Una venda cubría su brazo izquierdo.

–Oh, Dios mío. Tiene un aspecto terrible.

Cuando había creído que una pared se desplomaba sobre ella, no se había equivocado, pero había sido Wolfe quien había soportado el impacto. Sintiendo náuseas, Ava entró.

Wolfe se dio la vuelta. Ella, sin detenerse a admirar su fuerte y velludo pecho, centró la vista en su espalda amoratada.

–Parece peor de lo que es –dijo él.

–Lo dudo –se llevó la mano a la boca–. Wolfe, lo siento muchísimo.

Él, maldiciendo para sí, se inclinó para recoger la camisa que había dejado caer al suelo.

–Ya te dije que no ha sido culpa tuya –gruñó.

–Casi no –esbozó una sonrisa forzada–. ¿Para qué es esta crema? –agarró el tarro y olisqueó.

–Es árnica. Un remedio natural que calma el dolor de los cardenales.

–Así que, ¿eres capaz de sentir dolor? –bromeó ella, sintiéndose fatal.

–No si puedo evitarlo.

–Date la vuelta –dijo ella, metiendo un dedo en el tarro.

–Puedo hacerlo yo –Wolfe tragó saliva.

Ava entendía su necesidad de autosuficiencia. Ella, en menor grado, también había decidido depender solo de sí misma, pero quería que Wolfe supiera que podía apoyarlo tanto como él la había apoyado a ella.

–Todo el mundo necesita a alguien, Wolfe.

–Yo no –su voz sonó ronca. Hueca.

–Claro que sí. Pero te da demasiado miedo admitirlo–. Ahora, date la vuelta, por favor.

–¿Te han dicho alguna vez que para ser tan pequeña eres muy mandona? –dijo él, moviendo la cabeza con resignación fingida.

–Creo que otro hombre me dijo algo similar.

–¿Y que le ocurrió?

–Lo metí en mi mazmorra.

–Entonces será mejor que no te irrite.

–Un tipo listo –rio–. ¿Quién lo habría dicho?

Él frunció el ceño, pero sus ojos caramelo chispearon con humor. Se dio la vuelta.

–Avísame si te hago daño.

–No me lo harás.

Sus ojos se encontraron en el espejo y ella supo que tenía razón. Si alguien salía herido de allí, sería ella. Ignorando ese pensamiento, se concentró en ponerle la crema con suavidad.

Sintió como se tensaba cuando lo tocó. Él apoyó las manos en el lavabo, pero no dijo nada.

–¿No llevabas un chaleco protector?

–Funcionan mejor con la balas que con las bombas. Pero aun así, duele cuando te disparan.

Era un hombre fuerte, un guerrero que la había protegido tan bien que solo podía quejarse de raspones en las manos y un cardenal en la cadera.

Por suerte, no tenía las puntas de los dedos vendadas y pudo ponerle la crema. Cuando llegó a la cintura, notó que él empezaba a relajarse.

Y entonces la asaltaron otras sensaciones. Sentir esa piel cálida bajo los dedos. Su tamaño. Estar tan cerca de él que con moverse un centímetro podría apretarse contra su calor.

La lujuria se abrió como una flor en su pelvis. Miró su rostro en el espejo y vio que tenía los ojos cerrados y los nudillos blancos de aferrar el lavabo. Era como si estuviera intentando mantener el control. Como si sentir sus dedos lo estuviera afectando tanto como a ella tocarlo.

Sin darse tiempo para pensarlo, se inclinó y posó los labios en su espina dorsal. Olía a jabón y a la crema que su piel había absorbido. Y a hombre. Ava inspiró profundamente, besando con suavidad cada zona no herida de su espalda.

Era alto, mucho más que ella, y tuvo que ponerse de puntillas para llegar a la base de su cuello. Cuando posó los labios allí, él se dio la vuelta con un gruñido y agarró su cintura.

Ava sabía que sus ojos mostraban su excitación, pero no intentó ocultarla. Sabía que él nunca querría un futuro con ella, pero en ese momento le daba igual. Esa noche habían estado a punto de perder la vida. Esa noche quería ser una mujer normal con un hombre que la volvía loca.

—¿Qué estás haciendo, Ava?

—¿A ti qué te parece? —le sonrió—. Quiero hacer el amor contigo, Wolfe —como una gata, Ava se arqueó hacia él, consciente de que estaba tan excitado como ella.

Cuando él siguió mirándola, sin moverse, se preguntó si se había equivocado. Si había malinterpretado la química que había entre ellos. Pensaba en apartarse cuando él reclamó su boca.

Ava suspiró contra sus labios. Su cuerpo conocía el de él. Lo deseaba. Llevaba semanas queriendo que la tocara, y tocarlo, y le pareció que su cuerpo se fundía con el suyo.

Tal vez la guiara la necesidad de proximidad física en ese momento. Pero le daba igual. Nunca había deseado a un hombre como a James Wolfe.

–Te deseo, Ava –su voz sonó ronca–. Dios sabe que he intentando resistirme. Y he fracasado. Si no me paras ahora, yo no seré capaz de parar.

Ava miró sus ojos, oscuros como la noche. Sabía que le estaba enviando un mensaje. Le decía que no era el hombre para ella, por bien que se sintiera estando a su lado.

Tal vez habría sido más sensato hacer caso de esa advertencia, apartarlo de sí. Pero su cuerpo se negaba a cooperar. Algo en su interior percibía que la necesitaba tanto como ella a él, y ese sentimiento era más fuerte que todo lo demás.

–No quiero que pares.

Capítulo 11

ESAS palabras, cargadas de pasión desataron algo en él. Wolfe olvidó el intenso dolor de su espalda y se centró en la intensidad de su deseo por ella. Solo por ella.

Se había desmoronado al ver su preocupación por sus lesiones. Ninguna mujer lo había tratado con tanta ternura. Su cuerpo anhelaba más.

–Pon tus piernas en mi cintura –dijo, con voz tan ronca que resultaba irreconocible. Wolfe deslizó las manos por sus muslos, animándola a rodear sus caderas con ellos.

–Odio que te pongas en plan macho –rio ella, obedeciendo. Los párpados de Wolfe se volvieron pesados cuando sintió su calor contra el abdomen.

–¿Prefieres que ponga las mías en las tuyas?

La risa de ella se convirtió en un gemido cuando la movió para que se balanceara contra su erección, en el punto donde más lo necesitaba. Él sintió una gran satisfacción al comprobar que podía darle placer tan fácilmente.

La besó todo el camino hacia su dormitorio, parando solo para encender la luz de la mesilla y tumbarla sobre la cama.

Eso era con lo que había soñado desde la boda de Gilles. Con tener a Ava, ardiente por él. En su cama, excitada y esperando a que la poseyera.

La voz en su mente, que le advertía que la deseaba demasiado, quedó silenciada por su ansia por marcarla como suya. Olvidando todo refinamiento, le abrió la camisa de un tirón, sin preocuparse de hacer saltar los botones.

–Necesito una ducha –gimió ella. Sus pezones ya estaban erectos, esperando su boca.

–No –él admiró la perfección de su desnudez–. Me necesitas a mí.

Y él la necesitaba a ella. Tanto que casi sentía dolor físico. Necesitaba estar en su interior y renunció a preguntarse por qué.

Habría hecho falta un ejército para apartarlo. Sintió el salvaje instinto de golpearse el pecho y atarla a la cama para que no se fuera nunca.

Wolfe se deshizo del pensamiento al mismo tiempo que de sus vaqueros. Nada iba a impedir que la hiciera suya. Se situó sobre ella y mordisqueó suavemente su piel.

Ella deslizó las manos por sus brazos, intentando que descendiera sobre ella, pero él se resistió. No iba a apresurarse. Se situó sobre sus caderas, aprisionando sus piernas, y llevó las manos a sus senos, que moldeó y acarició.

–Ya sé que odias que me ponga en plan macho –dijo, cuando ella intentó arquearse hacia él, sin éxito –pasó los dedos por sus pezones, como al descuido, disfrutando de su gemido–. Así que, cuando quieras, dime que pare.

–Tendría que... –Ava dejó de respirar y se removió de nuevo. Wolfe sintió la pulsión de su erección, pero se contuvo. Quería llevar la excitación al máximo, que ambos ardieran.

Ella bajó las manos por su pecho hacia su erección, con expresión de poder y deleite.

–No, no –atrapó sus manos con una de las suyas, las llevó por encima de su cabeza y besó su boca, dándose tiempo para tentarla con su lengua.

–No volveré a hablarte si no entras dentro de mí ahora mismo –afirmó ella.

–¿Qué me dices de esto? –preguntó él, observando su boca mientras hacía girar uno de sus pezones entre pulgar e índice.

Ella gimió de placer. Él soltó sus muñecas y dedicó ambas manos a acariciar sus senos. Su cuerpo desnudo era extremadamente erótico. Incrementó la presión, disfrutando de su deleite.

–Oh, eso. Oh, sí. No pares. ¡Wolfe!

Bajó las manos por su pecho y su abdomen hasta que llegó a su erección y empezó a acariciarlo. Los vendajes de las palmas de las manos estaban frescos, pero sus dedos ardían. Él se tragó un gruñido y cerró los ojos, sin dejar de frotar sus pezones.

–Espera –aconsejó–. Ava, nena, si sigues así, voy a perder el control –se apartó de ella y sonrió al oír que su gemido de protesta se transformaba en uno de alivio cuando capturó uno de sus pezones con la boca.

Ella se removió bajo él y liberó sus piernas para deslizar una mano entre sus muslos. Estaba ardiente y húmeda, tan cerca del clímax que notaba diminutos temblores bajo sus dedos.

–Aún no, nena. Quiero estar dentro de ti cuando llegues.

–No puedo evitarlo –gimió ella–. Me has llevado demasiado lejos.

–No, aún no –abrió sus piernas más y se situó en el lugar adecuado–. Pero pretendo hacerlo.

Con una única y poderosa embestida, la penetró profundamente. Ella gimió con desesperación y atrajo su rostro hacia sí.

Él sintió una primitiva satisfacción mientras establecía un ritmo constante, curvando sus caderas contra las de ella y provocándole una oleada de espasmos sensuales.

Wolfe no se detuvo hasta que notó que se quedaba quieta, al borde del clímax. La mantuvo en ese punto tanto como pudo, pero ella se movió contra él, sollozando mientras el orgasmo la consumía. Sus contracciones internas lo llevaron también a él hacia una liberación más ardiente que el sol australiano.

Wolfe abrió los ojos y supo de inmediato que era tarde, algo que no le había ocurrido desde antes de sus días en el ejército. Y entre sus brazos tenía a una mujer que hacía que se retorciera por dentro. Pensó en sus normas inflexibles: breve, dulce y sencillo. Solo una había funcionado la noche anterior, y no había sido breve ni sencillo.

Alzó un mechón de su cabello y cerró los ojos mientras inhalaba su fragancia floral, ignorando el dolor de los músculos de su espalda.

También los había ignorado la noche anterior. Había perdido la cuenta de las veces que habían hecho el amor, cada vez eclipsando la anterior hasta un punto que había considerado imposible. Y no había querido solo sexo. Ella le gustaba, le gustaba pasar tiempo con ella, observarla, escucharla, que lo retara. De alguna manera, había llegado a significar más para él que ninguna mujer. Más de lo que podía permitirse.

—¿Qué hora es? —musitó ella, acurrucándose contra su hombro. Irresistible.

–¿He de suponer que no eres madrugadora? –preguntó él, sonriendo al ver sus ojos cerrados.

–No. ¿Y tú? –Ava se tumbó de espaldas.

–Siempre –se apoyó en un codo–. De hecho, siempre me despierto al amanecer, aunque haya pasado casi toda la noche despierto. Creo que me estás ablandando.

–Espero que no –dijo ella, mirando su cuerpo.

–Bruja –rio Wolfe contra su boca. Ella entreabrió los labios y deseó poseerla de nuevo.

«Recuerda las reglas», se recordó. Esas reglas que estaba rompiendo a toda velocidad. Se levantó de la cama y recogió los vaqueros que había tirado en el suelo la noche anterior.

–¿Y si te vas despertando mientras preparo algo de comer?

–Oh, Wolfe, tu espalda tiene muy mal aspecto.

–Se curará –se puso una camiseta–. ¿Qué tal tus manos?

–¿*Quoi?*

–Tus manos –sonrió de medio lado al ver sus ojos adormilados–. ¿Cómo están?

–Doloridas –dijo ella.

–Les echaré un vistazo después del desayuno –prometió él. Agarró sus muñecas y besó los vendajes antes de pensarlo mejor.

Ava se detuvo en el umbral de la cocina y observó a Wolfe darle la vuelta a algo en la sartén. Su cuerpo la atraía como una llama a una polilla.

–¿Te vale la ropa? –preguntó él, como si hubiera percibido su presencia.

–Eso sería una exageración, pero no se cae –Ava

miró la camiseta enorme y los pantalones cortos cuya cintura había enrollado varias veces. Él le miró las piernas.

–Huevos, beicon y tomates. No es gran cosa.

–No necesito nada especial –aseguró ella.

Al ver su sonrisa, Ava supo algo que la dejó paralizada: estaba enamorada de él.

Había intentado ignorar los sentimientos que burbujeaban en su interior pero lo había amado desde la primera noche. No podía negarlo.

–¿Estás bien?

Ava alzó la mirada del suelo y descubrió que Wolfe la observaba con el ceño fruncido.

–Muy bien –entró en la cocina como si no acabara de hacer un descubrimiento que la cambiaría para siempre. No podía decírselo. El sentimiento era demasiado nuevo. Y estaba segura de que él no sentía lo mismo, así que sonrió.

–Ven aquí –la atrajo y la besó en la boca.

–Los huevos se están quemando –musitó ella, queriendo algo de espacio para centrarse–. Sacaré el zumo de naranja –volvió a sonreír.

–También he hecho café –dijo él, escrutándola como si quisiera leer su expresión.

Pensando que el café despejaría el caos de su mente, Ava abrió la nevera. Siempre había imaginado que se daría cuenta de que estaba enamorada en un lugar romántico, o en la cama, en brazos de su amante. Uno de ellos lo diría, sonreirían y compartirían el momento.

–Está ahí –Wolfe, desde detrás de ella, sacó un cartón de zumo–. ¿Seguro que estás bien?

–Segurísimo –estaba segura de que quizá nunca volviera a estar bien. Wolfe no querría su amor. No quería el amor de ninguna mujer. Si le decía lo que sentía, posiblemente echaría a correr.

Ava colocó los pies en una silla y sujetó la taza de café con las dos manos. Habían decidido comer fuera, junto a la piscina. La vista era magnífica, pero apenas le había prestado atención.

—¿Por qué te uniste al ejército? —preguntó, intrigada por las historias que le había contado sobre el tiempo que había pasado con Gilles.

—No se me ocurría nada mejor que hacer —Wolfe apartó el plato y agarró su taza de café.

—¿En serio? —ella no creía que un hombre tan inteligente hubiera tomado una decisión como esa a la ligera. Supuso que tenía que ver con su necesidad de proteger a quienes lo rodeaban. Como a su hermano y a su padre—. ¿Nada más?

—No me creas una especie de héroe, Ava, porque no lo soy —dijo él, como si le hubiera adivinado el pensamiento.

Ella notó su tensión y se preguntó si se debía a que era la primera pregunta personal que le hacía desde la noche que había hablado de su familia. Miró hacia los acantilados y los arriates de flores que descendían en cascada hacia una laguna.

—La vista es increíble. ¿Toda la isla es así de bella? —preguntó para aclarar el ambiente.

—El otro lado recibe viento del Atlántico, así que es más árida, pero básicamente sí.

—¿Vienes a menudo?

—No tanto como me gustaría.

—Es muy relajante —Ava suspiró—. Si pudiera, me quedaría aquí para siempre.

–Es más peligrosa de lo que parece. Esa bahía está bastante protegida, pero a veces hay olas de siete metros y las playas se llenan de algas.

Su tono de voz era más áspero de lo habitual y Ava sospechó que la estaba advirtiendo que no se enamorara de él. Demasiado tarde e innecesario. No iba a perseguirlo ni a acosarlo.

–Hablando de para siempre, anoche no utilizamos protección.

Esa era la causa de su tensión. A Ava se le encogió el corazón. Ni siquiera lo había pensado.

–Veo que te ha impactado –recogió los platos y los cubiertos–. Si estuvieras embarazada, eso cambiaría las cosas.

Era cierto que la información la había impactado, sobre todo porque la idea no la hacía nada infeliz. De hecho la idea de llevar un hijo suyo dentro la encantaba. Pero no estaba dispuesta a admitirlo mientras veía su expresión tormentosa.

–¿Qué quieres decir? –su esperanzado corazón se aceleró mientras esperaba que le declarara su amor. Que le pidiera que se casase con él.

–Tendrías que cancelar cualquier plan de boda con el príncipe de Triole, para empezar.

Ava lo miró atónita. Él creía que iba a casarse con Lorenzo y, aun así, se había acostado con ella. Controlando a duras penas su ira, alzó una ceja.

–¿Y eso?

–Tendrías que casarte conmigo.

–¿Contigo? –la respuesta la desequilibró–. Ya te he dicho que no me casaría sin amor.

–¿Ni siquiera por un hijo?

Ella se sonrojó. No iba a atrapar así a un hombre que, obviamente, quería ser libre.

—Preferiría ser madre soltera.

—Como no pienso como tú, reza por no estar embarazada —la miró con fijeza—. Porque si lo estás, te casarás conmigo, Ava.

«Reza por no estar embarazada. Porque si lo estás te casarás conmigo, Ava».

Wolfe apoyó los codos en el escritorio y hundió el rostro entre las manos. Era idiota.

Minutos antes, la había estado mirando y pensando en lo deliciosa que era. En cuánto le gustaba tenerla en su casa, en su vida. Pero cuando había mencionado «para siempre», lo había invadido un sudor frío.

Había comprendido que hacerle el desayuno y jugar a las casitas con ella era más que romper sus normas, era convertirlas en polvo. Su padre había debido de sentir eso por su madre, y la había aceptado cada vez que volvía. Wolfe se había jurado no permitirse esos sentimientos por ninguna mujer, para no volverse débil como su padre. Pero Ava no tenía la culpa.

Se había portado como un bruto y le debía una disculpa. Una bien grande.

Fue en su busca y la encontró en la playa. Era una visión celestial con una de sus camisetas azules y la melena oscura cayendo por su espalda. Al verla, Wolfe supo que tenía problemas, graves. Ella le había dejado claro que era algo temporal en su vida: «Preferiría ser madre soltera».

La vehemencia de esa afirmación lo enfurecía. Parpadeó, preguntándose qué diablos le ocurría.

Oyó la risa suave de Ava y se obligó a concentrarse en el presente. Ella se apartó el pelo de la cara. Wolfe olvidó todo amago de disculpa al ver que hablaba por teléfono.

Se preguntó de dónde lo había sacado. Y, más importante aún, ¿no le había dicho que no lo usara? Su frustración se transformó en ira.

—Diablos, ¿eres idiota? No puedes hacer llamadas desde un teléfono móvil.

Ava giró al oír la voz áspera de Wolfe. Aún oía a Baden pero, concentrada en la expresión furiosa de Wolfe, no le prestaba atención. Se quedó sin aliento, como si fuera una chiquilla enfrentándose a la desaprobación de su padre.

—Tengo que dejarte —cortó la comunicación justo cuando Wolfe llegaba a su lado.

—¿Qué crees que estás haciendo? —gritó él—. Maldita sea, Ava. Te dije que no hicieras llamadas de móvil desde la isla.

—No, no me lo dijiste —ella arrugó la frente.

—Sí. Lo hice.

—No. No-lo-hiciste. Además, no he hecho ninguna llamada, he recibido una —había encontrado su teléfono en la cómoda de Wolfe después de desayunar y había comprobado sus mensajes para dejar de pensar en él.

—Contestar tiene el mismo efecto —rechinó los dientes—. Proporciona nuestra localización a cualquiera que tenga el equipo adecuado.

—Tú utilizas el tuyo —replicó ella.

—El mío está encriptado.

—Bueno —Ava apoyó las manos en las caderas—. Pues a mí nadie me lo ha dicho.

–Sabía que esto no funcionaría –Wolfe movió la cabeza y la miró como si fuera una estúpida.

–No sé a qué te refieres, pero he tenido bastante de tu actitud tiránica por hoy –resopló ella–. No tienes por qué preocuparte, era Baden preguntado cómo estaba después de lo de la bomba. ¿Eso también va en contra de tus normas?

Ava puso rumbo a la casa. Wolfe era igual que su padre, la juzgaba y no la consideraba a su altura. Eso dolía. Y ella había sido quien le había dado el poder de herirla, la culpa era suya.

Necesitaba una taza de té.

–¿Qué vas a hacer? –preguntó Wolfe, que la había seguido.

–Té –Ava abrió un armario, en busca de tazas–. ¿Quieres?

–No. Las tazas están en el armario de arriba.

–¿Tienes verbena, por un casual?

–No lo sé –Wolfe resopló, abrió un armario y empezó a mirar–. No. ¿Te vale menta-poleo?

–Sí –sus ojos se encontraron–. Gracias.

Wolfe la observó echar agua hirviendo en la taza y se condenó por dejar que su frustración hubiera nublado su juicio. No era extraño que aún no hubiera localizado al asesino de su hermano.

Ella tenía razón. No le había dicho que no usara el teléfono. Había querido hacerlo. Pero no era lo mismo. Y esos errores eran fatales, la gente moría por ellos. Ava podría haber muerto.

Tendría que trasladarla, buscar otro lugar seguro. Porque no podía poner su vida en riesgo, por difícil que fuera que el asesino tuviera los medios para localizarla en la isla. No sabía a quién se enfrentaba y tenía que hacer bien su trabajo. Sin darse tiempo a pensarlo, se acercó desde atrás y la rodeó con los brazos.

—Siento haberte gritado. Me he comportado como un bruto.

—Sí —musitó ella—. ¿Por qué?

—Tenía celos —admitió él.

—¿De Baden? —lo miró atónita.

—Pensé que hablabas con Lorenzo.

Los ojos de ella se ablandaron y Wolfe se sintió más vulnerable que nunca. Se le hizo un nudo en la garganta y supo que ella iba a decir algo sentimental. Aunque anhelaba oírlo, lo impidió besándola hasta quitarle el sentido. No habría sido capaz de oírla decir que lo amaba. Porque no sería real. El sexo no era amor. Si decía que lo amaba, tenía que ser de verdad.

Recordó a su madre metiéndolo en la cama y besando su frente cuando tenía cinco años. El recuerdo lo golpeó como un mazazo. Anhelante, introdujo las manos bajo la camiseta de Ava y decidió rendirse a una necesidad más básica. Acarició sus senos hasta que ella se arqueó hacia él.

Eso era algo que conocía y en lo que confiaba.

La alzó sobre la encimera y le bajó los pantalones cortos, situándola de modo que sintiera su erección entre los muslos.

—Me gusta —gimió ella, abrazándose a su cuello. Wolfe, besándola, la llevó al dormitorio.

—¿Después de la bomba?

—¿Eh? —Ava notó que Wolfe se ponía de costado y se acurrucó contra él.

–Ava, despierta. Tengo que preguntarte algo.

–¿Ahora?

–Sí, vamos, nena. Vuelve al mundo –dijo él acariciando su pelo.

–Vale, general. ¿Qué quieres saber?

–Antes has dicho que Baden te llamó para saber cómo estabas después de la bomba, ¿no?

–Sí –Ava arrugó la frente. El tono de Wolfe clamaba urgencia.

–¿Le hablaste tú de la bomba?

–No.

–¿Estás segura? Piénsalo, nena. Necesito que estés segura al cien por cien.

–¿Por qué iba a decírselo si ya lo sabía?

–No tendría que haberlo sabido.

–No veo por qué no –Ava sintió un escalofrío en la nuca–. Habrá aparecido en todos los medios, o mi padre se lo habrá dicho.

Antes de que acabara de hablar, Wolfe saltó de la cama y se puso los vaqueros.

–Maldita sea, ¿dónde está mi móvil?

–Lo vi en la cocina. ¿Wolfe...?

–Espera aquí.

Ava se puso la camiseta que él no se había molestado en ponerse y corrió tras él.

–Sí. Llámame –decía Wolfe cuando llegó a la cocina. Después colgó.

–¿Puedes decirme qué ocurre?

–Será mejor que te sientes –dijo él, muy serio.

–Crees que es Baden –dijo Ava, sentándose.

–Sé que no quieres creerlo, pero tu padre acaba de confirmar que Baden no había sido informado sobre la explosión.

–Pero la noticia habrá salido por lo menos en internet, a estas alturas.

–No –Wolfe movió la cabeza–. Controlé la información. Todo el mundo cree que un coche se estrelló contra la puerta de tu galería.

–Baden nunca habría hecho daño a Frédéric.

–Lo siento, Ava –Wolfe suspiró–. Mi equipo lo considera sospechoso desde hace días. Está desequilibrado psicológicamente. ¿Lo sabías?

Ava negó con la cabeza.

–Le han diagnosticado esquizofrenia. Y los informes psiquiátricos indican que culpa a tu padre por la muerte del suyo.

–No. Su padre murió en un accidente de barco.

–Tu padre lo pilotaba.

–Lo sé, pero... ¿Crees que Baden piensa que él debería ser el heredero al trono de Anders?

–Eso parece.

–Pero, ¿por qué hacer algo ahora? ¿Por qué no atentó contra Frédéric y contra mí hace años?

–Puede que no se le ocurriera. O que haya dejado de tomar su medicación. O tal vez la enfermedad de tu padre lo haya exacerbado.

–¿Cómo podía pensar que saldría indemne de algo así? –Ava se negaba a creerlo.

–Eso solo él lo sabe –su expresión se volvió distante y ella percibió su lejanía–. Lo importante es que se acabó. Puedes volver a casa.

Capítulo 12

S E ACABÓ. Puedes volver a casa».

Ava se estremeció. Sabía que Wolfe no hablaba solo de que la amenaza para su vida había terminado. El vuelo de cuatro horas a Ànders le resultó interminable. Pasó todo el tiempo pensando en cómo decirle que lo amaba y no quería que se fuera, pero no se le ocurrió nada.

Había estado a punto de decírselo en la cocina, cuando le dijo que estaba celoso, pero él se había tensado como un león, distrayéndola. Había pensado que era porque había adivinado lo que iba a decirle y no quería escucharlo.

Para colmo, el periodo le había bajado a mitad de vuelo. No sabía qué sentir al respecto, tras llevar toda la mañana pensando en cómo sería estar embarazada de Wolfe. Lo que sí sabía era que no le había gustado nada encontrar el cuarto de baño bien provisto de material higiénico femenino. Le había recordado que era un hombre que disfrutaba con las mujeres, con muchas. Y sabiendo que su madre lo había abandonado una y otra vez, era comprensible que no buscaba relaciones serias.

Cuando el avión aterrizó, vio a su padre y a Lorenzo esperando junto a uno de los coches de palacio. Deseó llevar puesto algo más que una de las camisas de Wolfe anudada a la cintura y unos de sus vaqueros remangados.

Sintió la presencia de Wolfe a su espalda y se dio la vuelta, esperando que la acompañara a la pista. Cuando vio su rostro, supo que no iba a bajar.

–No vas a venir –dijo, enderezando la espalda como si eso no le importara en absoluto.

–No. Tengo otro trabajo que hacer.

–¿Dónde?

–Eso es confidencial.

Y peligroso. No hacía falta que lo dijera. Ava recordó las múltiples cicatrices de su cuerpo.

–No volveré.

Ella asintió lentamente, tenía ganas de vomitar. Él la miró como si esperara que pataleara y le suplicara que se quedase, o algo así. Y quería hacerlo. Pero no podía.

Para empezar, su padre la esperaba rodeado por lo que parecía todo el cuerpo de policía, por otro... Wolfe estaba demasiado cerrado. Distante.

Decirle «te quiero» parecía un salto demasiado grande, y no creía que fuera a cambiar el resultado. Iba a irse. Lo había dicho muy claro.

–Lo entiendo.

–No puedo darte lo que quieres, Ava –la miró a los ojos como si lo sorprendiera su falta de discusión–. Lo siento.

«¿Él lo sentía?» Ava movió la cabeza con disgusto. No iba a aceptar esa excusa.

–¿Cómo lo sabes? Ni siquiera me has preguntado lo que quiero –sabía que su voz denotaba frustración, pero no pudo evitarlo–. La verdad, Wolfe, es que no quieres darme lo que quiero porque te has adiestrado para no necesitar a nadie. Quieres ser como esa isla tuya. Pero no lo eres; si fueras sincero reconocerías que las acciones de tu madre te hirieron tanto como a tu hermano. O quizás más –alzó la mirada para ver si sus palabras lo habían afectado.

–Estoy bien como estoy.

Eso era un no. Ava suspiró, era inamovible como una roca. No quedaba nada que decir. Lo cierto era que Wolfe no la amaba y tenía que enfrentarse a la realidad.

Cerró los ojos un instante y cuadró la espalda, haciendo acopio de indiferencia. No resultó fácil. Wolfe había derrumbado sus defensas y ella solo quería que la tomara entre sus brazos y le dijera que la amaba.

–Muy bien –se dio la vuelta para bajar.

No había dado dos pasos cuando él agarró su brazo y la detuvo. El corazón de Ava se disparó y escrutó su rostro, buscando una señal.

–Si estás embarazada, me lo harás saber, ¿verdad? –su voz sonó ronca y grave.

En ese momento, las esperanzas y sueños de Ava se derrumbaron. Sabía que habría hecho «lo correcto» si hubiera estado embarazada. Era irónico que mientras había luchado contra casarse por conveniencia nunca había pensado que alguien pudiera casarse con ella por obligación.

–No lo estaré –replicó, seca.

–No puedes saberlo con seguridad.

–Sí. Me bajó el periodo en el avión. Tienes una buena provisión de productos higiénicos femeninos, por cierto.

–El personal se ocupa de lo que hay en el avión, no yo.

Bueno, eso era algo. Volvió a mirarlo y se encontró con su fiera expresión.

–Ava, aún te deseo.

–No sé qué quieres que diga a eso –lo miró y sintió ira. Lo único que podía hacer era suplicarle que se quedara. Que cambiara su vida–. No significa nada. Solo es lujuria y la lujuria se acaba con el tiempo. ¿No es eso lo que crees?

–Sí.

Ella deseó que tuviera razón. Porque se sentía como si le estuvieran partiendo el corazón en dos.

–¿Ava? –su padre apareció a su lado–. ¿Hay algún problema?

–No –tragó saliva y miró a Wolfe una vez más, intentando memorizar sus rasgos–. Adiós, *monsieur* Wolfe. Espero que encuentres lo que estás buscando.

Se dio la vuelta para ocultarle el rostro y dejó que su padre la escoltara fuera del avión. Estaba resuelta a aceptar lo que la deparara el futuro con la misma dignidad y gracia que habría demostrado su madre.

Capítulo 13

WOLFE salió del resplandeciente mar azul y se tumbó sobre la arena. Solo se oía el fluir de la marea y el graznido de las gaviotas que pescaban.

Tendría que haberse sentido feliz y relajado, pero no era así. No desde que, tres días antes, había salido de Anders y ordenado a su piloto que volviera a Cape Paraiso en lugar de llevarlo a las reuniones que había aplazado para proteger a Ava.

Tras dejarla en Anders se había convencido de que estaría bien. De que la olvidaría. Pero en ese momento no se sentía nada bien. Su sensación de pérdida cuando le había dicho que le había bajado el periodo demostraba claramente que le costaría olvidarla.

«Espero que encuentres lo que estás buscando», le había dicho como despedida.

El problema era que él no buscaba nada. Ella había acertado la primera noche en el baile: estaba huyendo. Llenaba su vida de trabajo y actividades para no enfrentarse a la soledad de su existencia. Para no pensar en lo que quería en realidad.

Pero ya no había solución, porque solo podía pensar en Ava. La echaba de menos.

La veía en cada lugar de la isla. En la cocina cuando hacía el café, en la terraza cuando estaba junto a la piscina, en la cama cuando se daba la vuelta y estaba vacía. No estaba seguro de cómo se había infiltrado tan profundamente en su mente en tan poco tiempo, pero lo había hecho.

Estaba enamorado de ella.

¿Por qué seguir negándolo? Hacía tiempo que lo sabía, pero el miedo lo había paralizado. Miedo a necesitarla más que ella a él. Miedo de terminar como su padre. Miedo de enfrentarse al hecho de que las desapariciones de su madre lo habían devastado tanto como a su hermano.

«¿Qué entendiste, Wolfe? ¿Que eras un niño que no podía confiar en el amor de su madre?»

Diablos.

Su corazón había sabido la verdad. Lo había empujado hacia ella, insistiendo en protegerla y en que olvidara sus normas cada vez que lo miraba. Era su cabeza la que se había engañado.

Pero tal vez no fuera demasiado tarde.

Tal y como lo veía, tenía dos opciones: arriesgarse y decirle lo que sentía, o mantener su orgullo intacto y seguir solo hasta convertirse justo en la clase de hombre que no quería ser.

Se mesó el pelo. Tenía que actuar.

—Creo que habría que anunciar tu compromiso con Lorenzo al mismo tiempo.

Ava dejó de leer el discurso de aceptación que pronunciaría cuando su padre anunciara que iba a abdicar y lo miró fijamente.

—No estoy de acuerdo.

—Tiene sentido combinar las dos cosas. Es práctico.

–Puede que sí, pero necesito hacer esto a mi manera –Ava apretó los labios.

Su padre emitió un sonido disgustado pero no insistió. Se estiró el uniforme militar antes de ir a la sala donde la prensa y los invitados esperaban su llegada. Ava, echó un último vistazo a su vestido de satén, con una banda cruzada sobre el pecho, y lo siguió.

En los últimos días se habían unido más que nunca, devastados por el impacto de las acciones de Baden, que iba a recibir el mejor tratamiento psiquiátrico posible. Su padre había demostrado gran fortaleza tras la traición de su sobrino y Ava habría ansiado otorgarle su deseo, pero iba en contra de todas sus esperanzas y sueños. Sentía tal peso en el corazón que no se imaginaba volviendo a ser feliz.

Lo más justo sería olvidarse de Wolfe antes de comprometerse con otro hombre. Incluso cuando ese otro hombre sabía que no lo amaba.

La enfermedad de su padre había empeorado con el estrés y se veía obligado a abdicar. Anders necesitaba un heredero. Suspiró y se detuvo tras su padre, que esperaba a que abrieran la puerta de la sala. Llorar por un amor no correspondido era una tontería.

Lorenzo era un hombre fantástico. Sería un excelente marido y tal vez, si se comprometía con él, olvidaría su dolor por perder a Wolfe.

–De acuerdo –puso una mano sobre su brazo–. Anúncialo.

–Me siento orgulloso de ti –su padre asintió.

Ava sonrió. Ojalá su madre hubiera oído eso.

Treinta minutos después, la enorme sala zumbaba de energía tras el anuncio de que Ava se convertiría en reina pasado un mes. El discurso de Ava, prometiendo mantener y ampliar la dedicación de su padre hacia el país, había tenido un gran éxito. Lo curioso era que no se había sentido nerviosa ni abrumada en ningún momento. O estaba más preparada de lo que creía, o había perdido los nervios al alejarse de Wolfe.

–Y además... –el rey esperó a que se hiciera el silencio –. Además, es un placer anunciar...

–Majestad, necesito hablar con su hija.

Ava alzó la mirada y dejó escapar una exclamación al ver a Wolfe entrar en el salón. Dos de los guardas personales de su padre corrieron hacia él, pero se detuvieron al ver quién era.

El traicionero corazón de Ava también lo reconoció. Lo devoró con los ojos. Llevaba un traje de ejecutivo y corbata, pero eso no paliaba el brillo letal de sus ojos marrón dorado.

–Más te vale tener una buena razón para esto, Wolfe –dijo el rey, irritado.

–La tengo. ¿Ava? –la miró a los ojos.

A Ava le dio un vuelco el corazón, solo de verlo allí se le iba la cabeza.

–Sin duda, lo que tengas que decirle a mi hija puede esperar hasta que acabemos con la ceremonia –dijo el rey, impaciente.

–No si va a anunciar lo que creo –replicó Wolfe con educación, pero con expresión fiera.

–Está bien, padre –Ava sabía que no serviría de nada discutir con Wolfe, y menos en público–. Hablaré con *monsieur* Wolfe en privado.

Lorenzo se levantó, como si fuera a protestar, pero una mirada de Wolfe lo silenció.

–Solo dime algo –dijo Wolfe en cuanto estuvieron

en la sala que ella había elegido para hablar–. ¿Vas a casarte con Lorenzo porque lo quieres o porque es el deseo de tu padre?

–Como sé que tu experiencia previa te ha dado una mala impresión de las mujeres, dejaré pasar eso. Pero me parece una pregunta insultante.

Wolfe la sorprendió soltando una carcajada.

–Princesa, tienes una manera especial de ponerme en mi sitio. Pero que no hayas contestado «lo quiero», me da esperanza.

–Esperanza, ¿de qué?

–De estar a tiempo de convencerte de que te enamores de mí.

–¿Por qué ibas a querer que hiciera eso? –Ava lo miró anonadada–. No crees en el amor.

–No creía hasta que te conocí.

–Lo que dices no tiene sentido –Ava no quería dejarse llevar por los latidos de su corazón–. ¿Qué significa eso?

–Significa que has abierto mis ojos a lo que falta en mi vida y por qué –agarró sus manos y la miró a los ojos–. Significa que he sido un tonto al pensar que podía dejar que salieras de mi vida.

Calló y tragó saliva, nervioso.

–Significa que te quiero, Ava. Más de lo creía posible.

–¿Lo dices en serio? –la mente de Ava era un torbellino. Le costaba creer lo que oía.

–Totalmente –esbozó una sonrisa irónica–. Pero no te culpo por dudar de mí. Luché contra lo que sentía por ti desde el principio, pensando que esos sentimientos me debilitarían, que serías tan voluble e impredecible como mi madre.

–No soy como ella, Wolfe –afirmó Ava–. Nunca abandonaría a mi marido. Ni a mi hijo.

–Lo sé, nena. Pero cuando tenía doce años, después de buscar a mi hermano por enésima vez, me prometí que nunca me permitiría enamorarme. Que nunca sería vulnerable. Y nunca tuve razón para reconsiderar esa promesa hasta que te conocí en la boda de Gilles –hizo una pausa–. Entonces te vi y me dejaste sin aliento.

–Te marchaste antes de que despertara esa primera mañana –le recordó ella.

–Fue una de mis estupideces –admitió él–. Siento haberte herido. La verdad es que me aterrorizaba lo que me hacías sentir. Solo con mirarte, ardo de deseo. Cuando me desperté con tu cabeza en mi brazo, lo admito, sentí pánico.

–La verdad es que fue un detalle que me proporcionaras un teléfono –Ava sonrió.

–Y entonces empezaron los problemas. Cuando supiste lo de tu hermano te encerraste en ti misma y no sabía cómo alcanzarte. Pero pensaba en ti todo el tiempo, Ava.

–¿Por qué no telefoneaste? –exigió ella.

–Porque no quería pensar en ti todo el tiempo. Seguía luchando contra lo inevitable. Pero eso se acabó. No me gusta pensar en el pasado, pero me has demostrado que ignorarlo tampoco es bueno. Quiero aprender y avanzar. Te quiero Ava, con toda mi alma. Quiero estar contigo siempre, protegerte. El hombre a quien recurras cuando estés agotada y... Oh, diablos. Ni puedo, ni quiero vivir sin ti.

–Oh, Wolfe, creo que te amo desde que te conocí –dijo ella con el corazón henchido.

–Gracias a Dios –Wolfe soltó el aire de golpe y se

inclinó para besarla–. Acabas de hacerme el hombre más feliz del mundo, solo podrías superarlo de una manera –sacó una cajita cuadrada del bolsillo interior de la chaqueta–. Supongo que no está a la altura de las joyas de la corona, pero espero que lo aceptes, nena, como una declaración de cuánto significas para mí.

Ava gimió cuando abrió la caja y vio un anillo, un enorme zafiro azul oscuro con un diamante a cada lado. Wolfe lo sacó y se lo puso en el dedo.

–Perfecto. Sabía que el color haría juego con el de tus ojos.

–Oh, Wolfe –Ava lo abrazó, con los ojos llenos de lágrimas–. Es precioso y claro que lo acepto, pero... –se detuvo, comprendiendo la enormidad a la que él se enfrentaba.

–Pero, ¿qué? –escrutó su rostro–. Si tienes algún problema, lo solucionaré.

–No es por mí, Wolfe, es por ti –lo miró a los ojos–. Mi padre acaba de anunciar que abdicará dentro de un mes y... ¡Oh, no! –se removió en sus brazos–. ¡Mi padre me espera!

–Removerte en mis brazos así no es la mejor forma de volver con él –Wolfe enterró el rostro en su cabello–. Te he echado de menos –admitió.

–Y yo a ti. Pero tengo que volver con él. Ya sabes cómo es. Si no lo hago, ¡podría anunciar mi compromiso con Lorenzo en mi ausencia!

–No lo hará.

–¿Cómo lo sabes? Todo el mundo se estará preguntando qué está ocurriendo.

–Cualquier tonto que viera mi expresión ahí dentro, sabe lo que está ocurriendo. Y tu padre no es ningún tonto.

–Wolfe, si sigues conmigo tu vida cambiará por completo. Tendrás que convertirte en ciudadano de Anders. Tendrás que...

–Ser tu respaldo. Lo sé, Ava. Sé lo que supone el matrimonio y, la verdad, me casaría contigo si tuviéramos que ganarnos la vida construyendo casas de adobe en mitad del desierto.

–Pero, ¿y tu empresa? ¿Tus viajes? Sé que si renuncias a tus pasiones serás infeliz, eso no podría soportarlo.

–Ava –tomó su rostro entre las manos–. No me estás escuchando, lo que no me sorprende, pero... –se rio–. Ya tendrías que saber que no tomo decisiones sin pensarlo todo antes.

–¿Qué has pensado, *monsieur* general?

–A mi hermano le gusta más dirigir Wolfe Inc que a mí, y solo viajaba para no tener que pensar sobre mi vida. Ya no quiero hacer eso. Y tú necesitarás a alguien a tu lado. Justo lo que tu padre quiere.

Ava, por fin, esbozó la sonrisa radiante que había estado conteniendo. Se abrazó a su cuello.

–¿Sabes? En mis mejores sueños imaginaba que el amor sería justo así.

–Yo nunca imaginé esta felicidad en mis sueños. Tú llenaste un hueco en mi corazón que ni siquiera sabía que existía, Ava. Quiero que sepas que seré tuyo para siempre.

Ava supo que podía confiar su vida y su corazón a ese hombre. Que una vez que se había abierto a ella, nunca le fallaría. Nunca la dejaría.

–Bien. Porque te quiero con locura, James Wolfe, y yo nunca te dejaré.

Wolfe la devoró con los ojos, pero cuando ella creyó que iba a perder el control, la soltó y agarró su mano.

–Tenemos que ir a darle la noticia a tu padre –rezongó–. Nunca he sido un hombre paciente, y aunque me encanta ese vestido, ya va siendo hora de que te pongas otra cosa encima.

–¿Tienes algo en mente? –Ava sonrió, feliz.

–Oh, sí –se llevó su mano a los labios y la besó con amor–. A mí.

Bianca

Se había reencontrado con el hombre al que más cosas tenía que ocultar…

Aquellas vacaciones en la maravillosa isla de Santos debían ser una experiencia relajante, pero nada más bajarse del ferry, Helen Shaw se encontró con el guapísimo magnate griego Milos Stephanides. Años atrás, habían tenido una apasionada aventura que había dejado destrozada a Helen al descubrir que él le había sido infiel.

Ahora Helen tenía algo que esconderle, por lo que decidió mantenerse a distancia. Pero la atracción que había entre ellos era tan abrasadora como el sol de Grecia…

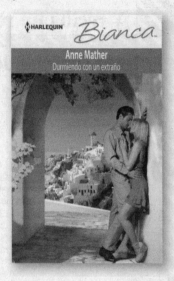

Durmiendo con un extraño

Anne Mather

Acepte 2 de nuestras mejores novelas de amor GRATIS

¡Y reciba un regalo sorpresa!

Oferta especial de tiempo limitado

Rellene el cupón y envíelo a
Harlequin Reader Service®
3010 Walden Ave.
P.O. Box 1867
Buffalo, N.Y. 14240-1867

¡Si! Por favor, envíenme 2 novelas de amor de Harlequin (1 Bianca® y 1 Deseo®) gratis, más el regalo sorpresa. Luego remítanme 4 novelas nuevas todos los meses, las cuales recibiré mucho antes de que aparezcan en librerías, y factúrenme al bajo precio de $3,24 cada una, más $0,25 por envío e impuesto de ventas, si corresponde*. Este es el precio total, y es un ahorro de casi el 20% sobre el precio de portada. !Una oferta excelente! Entiendo que el hecho de aceptar estos libros y el regalo no me obliga en forma alguna a la compra de libros adicionales. Y también que puedo devolver cualquier envío y cancelar en cualquier momento. Aún si decido no comprar ningún otro libro de Harlequin, los 2 libros gratis y el regalo sorpresa son míos para siempre.

416 LBN DU7N

Nombre y apellido	(Por favor, letra de molde)

Dirección	Apartamento No.

Ciudad	Estado	Zona postal

Esta oferta se limita a un pedido por hogar y no está disponible para los subscriptores actuales de Deseo® y Bianca®.
*Los términos y precios quedan sujetos a cambios sin aviso previo.
Impuestos de ventas aplican en N.Y.

Solo seis meses

CAT SCHIELD

Elizabeth Minerva había intentado mantenerse alejada del le-
gendario aventurero Roark Black
y centrarse en su carrera y en
su deseo de convertirse en madre soltera, pero el libertino ca-
zador de tesoros podía ayudar-
la con la financiación para el
tratamiento de fertilidad a cambio de un pequeño favor…

Para salvar su querida casa de
subastas y su propia reputación,
Roark debía sentar la cabeza
con una mujer sensata. Tras
seis meses de falso compromiso, cada uno seguiría su cami-
no. Pero Roark sabía mucho de objetos valiosos, y
Elizabeth era uno de ellos. Así que iba a ser suya… a
cualquier precio.

Una pieza más para su colección

¡YA EN TU PUNTO DE VENTA!

Bianca.

Iba a ser necesario mucho fuego para derretir el frío corazón de su marido

Para Layla, princesa de Tazkhan, el matrimonio que su padre había concertado antes de morir significaba pasar el resto de su vida en cautividad y sufriendo la crueldad de su marido. Tal perspectiva la empujó a escapar y entregarse al jeque Raz al-Zahki, el mayor enemigo de su familia.

Raz le exigía una cosa a cambio de protegerla a ella y a su hermana. El guerrero del desierto quería que nadie pudiera decir que su matrimonio no era de verdad, para ello tendrían que compartir cama como marido y mujer. Quizá ahora estuviese a salvo, pero su corazón no lo estaba tanto...

Novia del guerrero del desierto

Sarah Morgan